LES AUTRES

Jean-Pierre OTTE
Petite tribu de femmes
Xavier PATIER
La foire aux célibataires
Valérie SAUBADE
Happy birthday grand-mère
Annie SAUMONT
Je suis pas un camion
Laurent SEKSIK
Les mauvaises pensées
Vincent de SWARTE
Pharricide
Requiem pour un sauvage
Jean TEULÉ
Darling
Balade pour un père oublié
Bord cadre

POCKET "Nouvelles voix"

PARTAGEZ NOS DÉCOUVERTES !

Christine ANGOT
Sujet Angot
Interview

Marc BONNET
Sexes

Christophe DONNER
Quand je suis devenu fou

Marc DUGAIN
La chambre des officiers

Jean-François KERVÉAN
La folie du moment

Sylvia FOL
Vu de dos

Jean-Marie GOURIO
Chut !

Elisabeth HENNEBERT
Amer

Stéphanie JANICOT
Des profondeurs...

Yasmina KHADRA
Les agneaux du Seigneur

Linda LÊ
Voix

Richard MORGIÈVE
Un petit homme de dos

Jean-Pierre OTTE
Petite tribu de femmes

Vincent de SWARTE
Pharricide

CHRISTINE ANGOT

LES AUTRES

FAYARD

ISBN 2-266-10210-9

À ma belle Léonore

Moi, je ne suis pas de ceux qui
risquent de changer de chanson.

Samuel Beckett.

Je n'avais plus d'idée. J'ai demandé aux autres de me parler. Ils ont des vies, qu'on doit pouvoir raconter. Je me disais. Les autres.

Il téléphone à un numéro. On lui dit bonjour. Une voix de femme très calculée, très suave. Les prix, d'abord il se renseigne, comment ça se passe. Il dit qu'il veut une conversation. Ils raccrochent, leur femme rentre. Il y en a plein, ils. Ils. Ils ressayent plus tard. Gay, sadomaso ou simplement érotique ? On les oriente sur une hôtesse. Une fille leur parle, leur dit bonjour, leur demande leur prénom. Leur confirme le prix de la conversation, la durée, et prend le numéro de leur carte bleue. Elles leur donnent un numéro de téléphone où rappeler. Je continue ?

Sa mère a été tuée dans les asiles psychiatriques de 42. Pas celui du téléphone, un autre. Bien sûr pas tous. Ils ont des mères putes ou femmes de directeur de Sécu. Bien sûr pas tous. Je ne peux pas faire de cas particuliers. C'est trop compliqué, je finirais par tout mélanger. Il parlerait de sexe s'il écrivait, la plupart. Je leur ai demandé. Il commencerait par les coups foireux. Ou par les coups inaboutis. Enfin ceux qui restent comme des questions dans la tête. Pourquoi je n'ai pas pu ? Je lui ai demandé. Annette. Non, Patricia en fait, la seule à leur goût en troisième. Dans un CES de quartier, où elles étaient toutes un peu popu, un peu vulgaires. Un peu forcé, leur goût. Ça ne les intéressait pas. Plus que tout mais bref, là-dedans je ne veux pas entrer, la psychanalyse.

Il est né en 1930. Il est marié, il a deux fils. Il a dirigé le théâtre de Grenoble et celui de Nice.

Il est né en 1956 à Paris. Il a une petite fille, il est marié.

On cesse de parler argent, technique, tout ça. Elle leur dit comment elle s'appelle, ou prétend s'appeler, un prénom scandinave ou anglo-saxon. Se décrit physiquement, toutes sur le même modèle. Grande, les trois chiffres de mensurations, presque toujours pareil, cheveux longs. En string et soutien-gorge à balconnet, en rouge ou en noir. Elle leur demande comment ils sont. Où ils sont. Tant qu'à faire bien sûr ils disent la vérité. Tant qu'à payer une conversation. Gay, sadomaso ou simplement érotique ? Autant qu'elle les appelle par leur prénom. Mais il refuse la routine imposée. Les descriptions factices, les tons de voix impersonnels. Il y a eu une boum. Il s'était dit plus ou moins, qu'il sortirait avec. Elles avaient les cheveux longs, très longs, très fins. Mais elles s'appelaient Piépou. Grognard, Guignard, Mangetout. Elles n'avaient pas beaucoup de poitrine, ni beaucoup de personnalité. Ils ont dansé tout l'après-midi. Est-ce qu'il bandait ? Je suppose que oui, sûrement. C'était la première fois qu'ils embrassaient une fille. Ce qui leur a plu très, très modérément, et surtout ennuyés. Ce n'est pas facile.

Il est né en 1946 à Alger. Il y en a d'autres.

Ils brisent le côté factice, au bout de deux fois ils ont compris. Alors qu'on les tutoie, ils vouvoient. Ils ne la connaissent pas, ils vont la séduire. Se faire aimer de la prostituée et la faire jouir. Ils aimaient les mains autour de leurs reins et sur la nuque. C'est ce qu'ils aimaient le plus. Embrasser, bof. Ça mouillait comme seulement peut le faire la bouche, bon d'accord. Mais c'était fatigant de tortiller la langue tout le temps. Les tendons sous la langue. Il fallait continuer pour ne pas vexer. Les filles semblaient à l'aise, elle l'a tenu par la taille toute la soirée. Se branler les intéressait plus.

Ils avaient deux moments, dans leur lit, le matin et le soir, et en travaillant.

Quand elles commencent à se décrire au téléphone : « Moi je m'en fous, grosse, mince, petite, qui êtes-vous vraiment ? » Très révélateur quand ils commencent comme ça. Les filles aux voix douces, un peu bêtes, qui acceptent pour gagner de l'argent, sont prises de court. Elles quittent leur voix professionnelle pour une voix désagréable, de fille qui bosse et qu'on emmerde dans son travail. Les autres, intelligentes, certaines beaucoup de culture et d'éducation, de niveau universitaire, sont plutôt contentes.

L'Anglaise avait des seins énormes, très gros, tout mous. Il l'a rencontrée dans un pub. Ils ont bu, il était pinté au cidre, elle, à la bière plutôt. Pas ragoûtant hein ? Ça devait être à Bath, à Reims, à Nevers, elle l'a emmené dans sa chambre, très froide. Ils revoient les moments sexuels de ces rencontres précisément. Rien n'est resté des noms et des circonstances, des lieux. Ils ont commencé par-dessus les vêtements. Ils étaient tellement pintés qu'ils ont joui tout de suite, dans le pantalon. Ils ont envie de se barrer. Il y avait un disque, il s'était fixé la fin comme limite. « Attends au moins la fin du disque » il s'est dit. Il l'embrasse avant de se casser, la caresse. Il s'en contente, il ne l'a pas déshabillée. Alors ses seins, il ne les a pas vus. Ça les fait rager. Ils se disent « une fois dans ta vie tu avais la possibilité de toucher des gros seins, tu n'en as pas profité. » Je ris parce que c'est vrai, c'est bête. Dans le même genre, la première avec qui ils ont plus ou moins fait l'amour. Mais de première fois vraiment, lui, il n'en a pas eu. Moi non plus. Il me dit « si », puis « ouais, d'accord ». Ayant réfléchi. Elles éclatent de rire au téléphone, disent qu'elles ne sont pas grandes, un mètre soixante, les cheveux courts. Qu'elles sont en pull et jean. Par exemple étudiantes en droit. Mère célibataire avec deux enfants. Ils sont à l'école. Elles reviennent à leur conversation professionnelle. Alors tu veux qu'on fasse l'amour au téléphone ? Il s'agit de ça.

Léonore est aujourd'hui chez ma mère. Je travaille. Dans la rue, j'entends « maman, maman », je reste assise, je ne bouge pas. Léonore est chez ma mère. Ça ne peut pas être elle. À l'improviste elle ne vient jamais comme ça. La voix, ce n'est pas sa voix, la voix insiste. J'arrête, je finis par ouvrir la fenêtre. Un petit garçon blond lève la tête. Je referme. Ce n'était pas elle, j'avais raison.

Ils espacent. Le fric et la honte. Ils ne comprennent pas que les hommes aillent avec des prostituées. En général, les mecs qui appellent ont des fantasmes. Lui, ce n'était pas des trucs *kinky*. Les autres c'était souvent sadomaso. Qu'on les fouette, qu'on leur fasse des *golden showers*. Qu'est-ce que c'est que ça ? Pisser dans la bouche. Ou réunion du conseil d'administration, la fille sous la table va sucer les uns après les autres tous les collègues. Beaucoup de fantasmes professionnels. Et d'inceste aussi, énormément. Ça déplaisait aux filles. Le boulot leur coûtait dans ces cas-là. Mais bon, il le fallait, sinon les types auraient rappelé la boîte en protestant. Le conseil d'administration, ça allait, certaines s'en resservaient avec leur ami, fiancé, mari. L'inceste en revanche les écœurait. Faut vraiment se forcer, elles disaient. Père-fille ? Ouais, toujours. Et de bestialité aussi. Ça ne les écœurait pas ? Si, aussi.

Elle est née le 9-7-92. Elle va à l'école Pasteur, elle entre chez les moyens à la fin de l'été.

Ils ont acheté leur premier magazine à quinze ans. Mais du porno pas avant vingt-six ans. À quinze ans, *Paul Raymond's Club International*, avec un *y*. Beau magazine à l'époque, anglais, maintenant c'est de la merde. Grand format, papier glacé magnifique. Que des filles, pas l'*interview of the month* de *Play-Boy* ou les critiques de disques. Dans les revues américaines on ne voyait jamais les poils pubiens. Là, on voyait même la chatte, c'était un beau travail. Dans le premier numéro ils se rappellent une fille. De type espagnol. Avec une toison noire, foncée, épaisse, qui les faisait vraiment rêver. Et penser à leur mère, la chatte, pas la fille. Aujourd'hui, ce serait de l'écœurement, à l'époque aussi. Il l'a vue à poil, un jour en colère, elle avait oublié de fermer son peignoir. Une toison fournie. Dans la salle de bains sinon, du matériel en plastique blanc genre hôpital, leur mère, pour des lavements, des poires. Il ne voit plus ses parents. Le dernier rendez-vous a été pris par avocate, et fixé chez nous, moi et lui, notre fille. Nous étions en position de force. Il a rompu totalement. Il s'est disputé avec ses parents violemment. D'ailleurs la mère : chez vous bien sûr vous êtes en position de force. Elle chuchote à voix basse avec le père. Ils étudient le plan de Montpellier.

Une fille avec un chien, le truc le plus fréquent. Mais c'étaient des mots, par téléphone. Une ou deux filles au début lui ont fait du bien. Pas des habituées, pas des pros. Elles avaient aimé sa voix et lui avaient demandé de parler, pour une fois à l'homme. Il a parlé et l'a amenée à jouir plusieurs fois. Et tu le crois ? Oui, car elles ne sont pas là pour ça. C'est rare, jamais elles ne prétendent jouir. Jamais plusieurs fois de suite. L'expérience était troublante, forte et leur ouvrait des horizons. Sur ? Leurs capacités de parole. Il a fait ça cinq ans. Quelle fréquence ? Une fois tous les six ou deux mois. Au total ça doit représenter quinze ou vingt appels. Vingt. Oui, vingt en étant honnête. Combien ça coûte ? Entre cent et deux cents francs. Les moins chers sont brefs et automatiques. Quand ? Il y a encore six mois, un an. Au cours des deux dernières années, il n'a mené à terme aucune conversation. Au bout d'un certain temps, tous font pareil. Même s'il y a des cartes d'abonnement. Dès qu'elles commencent à se décrire, ils disent : j'arrête là. Leur débilité les frappe. Qu'est-ce qui les pousse à le faire ? Les premiers à Nice étaient plus soft et plus sensuels. Les deux dernières années, c'était la jouissance vite à tout prix. C'étaient des conneries, ça le frappait. Toujours les mêmes descriptions physiques. Et la même conversation toujours. Toujours, tu vas jouir. Je te prends la queue dans ma bouche, je te masse les couilles en même temps. Tu as d'autres choses à dire là-dessus ? Qu'il n'avait pas confiance en lui.

Avec les mères pas des trucs très appétissants. Si quand même. Ils ne savaient pas qu'on jouissait. Mais la première fois qu'il a joui en se caressant c'était avec un bas de sa mère, il avait douze ans. Il se l'était enfilé sur la queue, ils ne savent même plus la couleur. Ils croient noir mais ça les étonne. Ça ne devait pas être de la soie. C'est ce qu'ils avaient trouvé de mieux et de plus doux. Je note, je suis le rythme de la parole. Je me repose dans les blancs, il y en a peu. Quand ils voient que je m'épuise ils ralentissent un peu. Quoique ça dépend, quand je note, certains accélèrent. Pas lui.

Donc, il se l'était enfilé sur la queue, et, à travers le bas, il la caressait. Le blanc est sorti à travers le tissu, ça lui a vachement plu mais un peu surpris. Ils adorent l'odeur. Dans un conte oriental, un jeune garçon se promène avec son précepteur, un prêtre, sous les térébinthes, ou un autre arbre de Méditerranée. L'odeur est proche de celle du foutre, dit le prêtre. Ils se disent « oui, c'est bien ça », une odeur d'arbre. Au début ils le faisaient dans la chambre de la grand-mère, devant un miroir, la grande armoire à glace. Leur sexe en train de bander, et surtout la partie qui va de l'anus au scrotum qu'on ne voit pas en temps normal. En lisant, ça leur plaisait de tomber sur des passages. Dans un carnet il avait recopié les contes de La Fontaine qu'il préférait. Par exemple, celui du brochet. Et il l'avait illustré. La mère est tombée sur le carnet, il s'en est rendu compte. Elle l'a déplacé pour qu'il s'en rende compte. Ils se sont bien gardés de recommencer. Qu'est-ce que tu avais dessiné ? Il ne sait plus... Une bonne sœur avec un sexe dans la main, et des zobs volants sans doute, à l'époque tout le monde en dessinait.

J'ai demandé à des filles aussi. Elles n'avaient plus leurs règles. Quand elles ne font pas l'amour pendant longtemps, leurs règles s'arrêtent. Les traumatismes laissent des traces dans leurs tissus, les os, les muscles, les articulations, les viscères, le sang. Les profondeurs. Tout. Elle a rencontré un garçon qui revenait du Japon. Le shiatsu, il lui a fait un traitement global où la tête, le corps, le ventre particulièrement, tout était lié. Ses règles sont revenues.

Elle sera chercheur d'or et de cailloux, dans la terre. Elle aura des enfants.

Le mercredi après-midi, thème et version latine étaient à rendre pour le lendemain, branlette et traduction ils alternaient. Leurs mères étaient à la maison. Ils se servaient d'un magazine. Ils avaient un bureau à tiroir, entrouvert et prêt à claquer. Ils se branlaient toujours sur le qui-vive. La masturbation était toujours associée au danger. Parfois ç'a été plus sérieux. Mais là, il ne sait pas s'il pourra m'en parler. Ça pourrait détruire notre couple. Le mettre en danger. Car, me dégoûter. Il ne croit pas avoir jamais été surpris, cela dit. Mais il avait peur de l'être. Et aussi la sueur était toujours associée. Une chaise en skaï ça fait transpirer, et la peur. Elle est encore là. C'est celle de son bureau.

Elle voulait devenir kiné. Mais les études de kiné, quelle déception, c'était une vue du corps mécanique. D'un corps morcelé, où il y a d'un côté les bras, de l'autre les jambes etc., une vision anatomique et fragmentaire du corps, insuffisante. De nouveau les règles se sont arrêtées. Elle est allée voir un ostéopathe, et là ç'a été radical. Après la troisième séance, elle avait ses règles, elle a voulu devenir ostéopathe.

Jouir ne l'a jamais tellement intéressé, il faut essuyer et surtout c'est fini. Bien sûr ils sont tranquilles et débarrassés, mais en même temps « qu'est-ce que t'es con de passer ton temps à faire ça ! Tu gaspilles ton temps ». Il était inquiet car son sexe était courbe, « à force de me branler » il se disait. L'été, le plein soleil, quand il fait très, très chaud, en pleine campagne, isolé, dans un champ, un champ d'herbe, un champ de blé. Quand il fait très chaud, la terre donne envie. La terre et le soleil, la terre sèche et l'odeur de blé, le vent, le vent surtout. Dans le grenier chez leurs grand-mères, en été quand il fait chaud avec toutes ces odeurs de poussière, de foin et de vieux papiers... Ça me donne envie d'acheter la chanson de Régine, *Les Petits Papiers*. Si tu veux on arrête et on y va. Il était trop tard ce jour-là, ça allait bientôt fermer.

Draps, mouchoirs, ce n'est jamais bien. Mais, sur le plancher d'un grenier poussiéreux : entendre les gouttes de leur semence. Qui tombent. Avec une femme qu'ils aiment, le corps et la tête sont bouleversés. La profondeur et la qualité. Ils restent à la surface épidermique sinon, des sensations. Il n'aime pas la jouissance de l'homme. Il fait une seule exception : dans le sexe et seulement dans le sexe, et seulement dans le mien. Les crimes sexuels, ils les comprennent, et que les hommes en commettent. Après la jouissance, le crime leur paraît évident. Le corps est tout tendu vers ce but avant. Ça n'a plus aucun intérêt, une fois fait. Je t'assure. Ils ont l'impression d'avoir vomi quelque chose et ce n'est pas un soulagement. S'ils sont seuls, ils passent enfin à autre chose. Leur traduction, leur coup de fil, leur livre, à la télé, je suppose, leur match. Avec quelqu'un, que ça puisse amener au meurtre, ils le comprennent. Ils éprouvent bien, eux, le rejet de cette personne. C'est facile à comprendre. Avec la sensation, s'ils sont honnêtes.

Il est né en hiver. En 53. Sa ville natale ne se distingue pas des autres petites villes du centre de la France.

Elle est née le 8-7-61. Elle a fait des études de kiné, puis d'ostéopathie. Elle exerce actuellement en cabinet libéral à Montpellier.

Ostéo, dans les mains, il faut un fluide extraordinaire. Et suivre le point tranquille, le *still point*. Ce qui est génial dans l'ostéo : le corps ne ment pas. Le médecin et l'écrivain font le même métier finalement : lire des signes. C'est elle qui le dit. Je note moi.

Et dans d'autres catégories sociales. J'ai demandé aussi. Elles sont arabes et elles me disent merde. Elles sont comme ça, autant me le dire tout de suite. Toutes nos gueules de bourgeois : merde. Elles sont comme ça. Elles crachent sur tout et disent merde à tout le monde. On leur dit « vous avez trop de haine, Malika, Fatma, Dali, Farida. » Mais elles, elles en ont ras-le-cul. Les Arabes font la loi dans leur quartier, mais elles en ont marre d'être ghettorisées. Elles se sont battues avec des femmes de quarante ans, les hommes sont plus diplomates, ils leur disent « votre peau, votre exotisme, dans les boîtes votre allure fière ». Quand elles entrent dans une parfumerie, on leur dit « mademoiselle, ici, ce n'est pas Monoprix ». Les grands éditeurs, même chose, « ici, ce n'est pas Monoprix ». Elles veulent écrire. C'est pour ça qu'elles s'inscrivent dans cet atelier d'écriture. Elles veulent écrire et elles écriront. Ça dépend de moi. Elles se cherchent et elles cherchent les autres aussi. « On vous parle, regardez. » Elles ont envie de me dire des choses et qu'après j'en vomisse. Pas physiquement, mais dans ma tête. Elles s'en foutent. Elles ne lisent pas et ne vont jamais au théâtre, c'est pareil. Les gens qui vont au théâtre font partie de leur haine. Elles les haïssent. Au théâtre faut voir les testons qu'il y a, elles disent. Elles veulent quand même écrire, oui, pour me montrer que dans la culture y a pas que moi. Ne serait-ce que pour ça. Elles trouvent que nous sommes, dans la culture, coincés du cul, c'est tout, mais du cul vraiment. Elles en ont marre que ce soit réservé à une catégorie sociale. « Mais, oh, moi, demain j'écris, je m'en fous », elles disent. « J'ai pas de culture mais j'en fais de la culture. » Elles essayent. « On vous parle, regardez. »

La queue. Avec une fille, c'est ce qu'ils veulent qu'elle touche le plus vite. Ça comprend les testicules aussi. Bander n'est pas agréable. Mais si on la touche au contraire c'est formidable, si on peut satisfaire. La frustration aussi est bonne. « Plus c'est retardé chez moi plus c'est fort. »

Est-ce que tu pourrais être moins explicatif, moins donner tes goûts, être concret ? Moins pédago en fait.

Du liquide qui sort de la queue, le cœur qui s'accélère. Qui s'accélère, non. Mais qui bat plus fort, qui cogne plus. Les coups plus puissants même si le rythme est le même.

Ils ont chaud au visage, aux joues, aux lèvres.

Ils augmentent leur plaisir s'ils tendent tous leurs muscles, s'ils tirent sur leurs jambes, s'ils poussent les talons.

Il a eu une enfance sans histoire.

Avec une femme qu'ils aiment, leur corps se raidit, les jambes surtout et parfois des crampes aux pieds. Dans le corps d'une femme, ce qui est très particulier : ils sentent que leur corps va dans un autre endroit. Tout seuls, il va falloir mettre le liquide quelque part. Dans le corps d'une femme, ils ne se préoccupent absolument pas de ça. Ils cognent, ils bougent, ils accélèrent le rythme jusqu'à ce qu'ils sentent, en roue libre, que ça vient et qu'ils peuvent se laisser aller. Laisser filer, c'est pour ça que c'est horrible, le *coitus interruptus*. Ils cognent dans la bouche ou le vagin d'une femme. L'urine, l'étron, le vomi qui sortent d'eux aussi, il faut faire attention. Eh bien là, non, on leur absorbe. Il ne reste rien. C'est fort surtout dans la bouche et qu'elle avale. Il n'y a pas de trace. Alors que le vagin, après, ça coule.

Elles ont commencé avec les lames de rasoir. Très vite, les couteaux. Elles ont arrêté, elles ont bien fait. Un ami de leur gang est en prison, quinze ans.

Ils se disent « allez vas-y, vas-y, vas-y, vas-y », jusqu'à ce que ça vienne. Et quand ils savent qu'ils vont jouir — au moment où le périnée se contracte —, ils se disent « ça y est, c'est bon, là ».

Elles sont obligées de faire des concessions, même ici à l'atelier. Merde, elles crachent sur tout, elles en ont ras-le-cul. Elles se cherchent et elles cherchent les autres aussi. Elles sont obligées de faire des concessions. Même à l'atelier d'écriture, car les gens qui écrivent les dégoûtent presque tous. Il y en a un dans l'atelier, elles ont envie de le démonter, de le fracasser.

Elle doit avoir dans les trente ans, elle est devenue actrice, vit à Zurich. Des rôles d'Arabes surtout.

Elles venaient d'avoir leur bac, et ils avaient vingt ans. Annette était bien fichue, charnue mais ferme, musclée, appétissante et beaucoup de caractère. Un samedi elle était venue chez lui en jupe. Elle avait des collants de laine en dessous, de couleur et épais. Une belle cuisse dans quelque chose comme ça, la laine, ça leur plaît beaucoup. Ils trouvent ça superexcitant. Plus que du voile ou des bas fins. Elle reste dîner, il y avait la grand-mère à la maison, mais ça n'était pas gênant. Comme toujours s'il avait osé. L'absence de confiance mais pas seulement. La preuve deux ans plus tard :

Au retour de Jersey, ils se sont arrêtés à Grandville où elle était en vacances. Ils étaient crevés. Il était avec un copain. La traversée avait été inquiétante. Ils étaient épuisés. Ils avaient dormi huit jours à deux sous la pluie dans une R5. C'était Jean-Hugues le copain ? Ils étaient épuisés. La fille couchait dans son lit et les deux copains dans un canapé. À l'aller ils y étaient déjà passés. Arrivés en pleine nuit, ils l'avaient réveillée. Une chemise de nuit courte, ils l'avaient trouvée bien roulée. Au retour elle leur dit « j'ai envie de dormir avec vous » et se fout au milieu. Jean-Hugues s'endort instantanément. Il avait envie lui aussi, ils étaient crevés, mais Annette à côté. Il commence à lui caresser les seins, il voit que ça lui plaît, il l'embrasse. Et là, c'était une fumeuse. L'haleine. Il la fait jouir. Comment ? Avec le doigt. Il était à moitié endormi. La fille retourne dans son lit en disant « je vous laisse dormir ». Il s'endort. C'est fou, le sommeil chez lui.

D'autres. Ils ont des vertiges. C'est très curieux. Ils voient douze médecins. L'homéopathe-psychiatre, Chebel, le psychanalyste, l'homéopathe uniciste, l'ostéopathe aux yeux bleus, l'ophtalmo, car ils deviennent presbytes. Ils ont quarante-sept ou quarante-huit ans. Avec les p'tits loulous ils ont changé de comportement. Ils leur donnent du fric maintenant. « Je ne suis pas plein de muscles tu comprends. » C'est comme ça. « Qu'est-ce que tu veux faire ? »

Je prends en note et ça m'épuise. Je vous assure. J'interroge mais parfois pas besoin. Ils ou elles ralentissent. Elles se cherchent et elles cherchent les autres aussi. Mais les gens qui écrivent les dégoûtent presque tous. Il y en a un dans l'atelier... J'essaye de suivre le rythme, pas facile, elles ralentissent.

Donc, il y en a un, dans l'atelier... elles ont envie de le démonter, de le fracasser. Chaque fois qu'elles le voient, en elles-mêmes elles se disent « sale drogué ». Elles ont envie de l'emmerder sans arrêt, de mettre des petites cuillères dans ses affaires. De faire, à leurs heures perdues, un sachet avec du plâtre à l'intérieur pour lui. Il les énerve parce qu'il se drogue, et qu'il fait celui qui a arrêté. Il les dégoûte. Il leur parle de son fils en mélangeant avec la drogue. Il dit « des fois je me beurre, des fois je me beurre pas, quand je regarde mon fils, des fois, ça me sensibilise ». « Des fois », quand je regarde mon fils « des fois ». Mais merde il s'arrête une semaine, après il reprend. Elles n'aiment pas les gens faibles, merde. Il lui fait penser à son frère. Elle, elle a piqué son frère, tout seul il ne pouvait plus. Les drogués la dégoûtent, la dégradation. Elles les comprennent pourtant. Elles comprennent leur dégoût, leur manque. Le frère, lui qui était coquet, maniaque même, s'est promené un jour avec le pantalon baissé, dans la rue, le sang lui coulait sur les avant-bras. On lui voyait les fesses, le sexe, les poils, tout ce que vous voulez. Merde, elles en ont ras-le-cul.

Elle vit à Zurich, avec un Italien.

Elle revient, de nouveau il la fait jouir. Ils

aiment bien faire jouir plutôt que de recevoir, ils créent la dette. Elle les caresse mais entre la cigarette et le sommeil ça s'arrête là. Comme des cons, des imbéciles, des salauds, alors qu'elle était tendre, ils la repoussent le lendemain matin. Les coups foireux, pourquoi tu commences par là ? *Inconclusive*, inaboutis, je préfère si tu permets. Dans tous les livres de mecs on raconte un truc pas génial, puis des vraiment bien ou autre chose. Ce n'est pas un seul, lui. Tous ces trucs qui n'ont pas marché, ça crée un personnage pas sympathique, pas très glorieux, malsain, à la limite sordide. Tu vois ce que je veux dire ? Il trouve intéressant ce personnage tout simplement crade. Même si c'est dangereux pour le couple. En partie à cause de ça. Et l'autre partie ? L'autre partie, on verra. On verra quoi ? Si tu le dis ?

Et d'autres générations aussi, les parents. Lors du rendez-vous fixé, par avocats interposés. Les parents ont constaté la soumission de leur fils. Soumission qui apparaissait déjà à la lecture de mes livres, des livres de Christine. Et particulièrement dans le dernier, et particulièrement à la dernière page, où elle est crûment révélée. Leur fils et moi, la belle-fille, ils en sont saturés. De notre ironie, de nos sarcasmes. Exercez donc vos talents ailleurs. Vous trouverez des gens que vous pourrez dominer du haut de votre mépris. Et tranquillement déverser notre fiel, puisque nous trouvons là notre bonheur.

Elle a... vingt-deux-vingt-trois ans. Femme de ménage. Son mari fait semblant d'être le répondeur quand on appelle le dimanche. Pour le bip il siffle.

Il était parti retrouver Jean-Hugues dans un petit village à côté de Marseille, Mimai. Il avait dix-huit ans. La voisine, qui tenait le bar du village, ex-prof de fac de médecine en rupture de ban, l'hébergeait. Quarante-trois, quarante-cinq, quarante ans.

Les parents aimaient beaucoup Jean-Hugues, avec sa voiture jaune, ses chaussures jaunes, ils se rappellent qu'il adorait les abricots. Un dimanche, il les avait tous mangés.

Comme sa mère, femme de ménage aussi.

Dans leurs familles ce n'est pas facile non plus. Leur mère leur a dit toute leur enfance de se méfier de la chair blanche. Les enfants, disaient-elles, reconnaîtront leurs parents. C'est dans la mentalité arabe. De toute façon leurs mères dès qu'il est question de saloperie et de sexe, ça ne va pas. Elles bloquent.

Le travail de l'ostéo, c'est redonner la fluidité, briser les schémas. Les hommes ont un rythme tissulaire émotif, mais ils ne le montrent pas. Elle apprenait sur des copains à percevoir le rythme liquidien, tissulaire. La respiration crânienne est liée à une vague de liquide céphalo-rachidien qui envahit tout le corps. À partir des méninges elle passe par les micro-tubules dans tout le corps, elle la sent là où elle pose les mains, et le patient jusqu'au bout des pieds. À quel point ça bouge ou pas, à quel point c'est serré, dur, froid, elle le sent. Parfois c'est facile, parfois difficile. Briser les schémas. Tu vas là où ça va, là où ça va, jusqu'où ça va. Et tu ne bouges plus. Tu écoutes, le point tranquille, on appelle ça le *still point*. La zone de tranquillité, la zone de plus grande mobilité, d'ouverture la plus grande. Où tout respire facilement. Où rien n'est plus dur, ni froid, ni serré. Tu y vas. Tu places tes mains sur le crâne ou sur le sacrum, et tu sens. Les tissus, la respiration tissulaire, la zone de plus grande liberté. Chez une femme, avant ou pendant les règles. Ou une femme qui attend un enfant. On ne reconnaît plus son bassin, les tissus sont transformés. Elle est émue tout le temps par le corps des gens. Alors que, ce matin, j'ai rencontré Hernandez et lui ai craché au visage. Parce qu'il a dit sur mon livre des conneries dans sa gazette minable.

La cruauté sous-tend tous leurs actes, imprègne leur comportement, pensent-ils. C'est notre nature, on ne peut la changer.

Vous oubliez que ce qui humilie, ce n'est pas de subir une situation outrageante, mais de vouloir l'imposer, écrivent-ils.

La femme a une lunette astronomique sur sa terrasse et c'est l'été. Elle n'entend pas Léonore au moins dans son demi-sommeil ? Attends, je vérifie... Tu te rappelles la dernière fois, quand on a vu ses petits doigts sous la porte ? Il était monté sur la terrasse, pour regarder la lune et les planètes au télescope. C'était un gros matériel. Il voyait la lune énorme, tous les dessins des cratères, des mers, et Vénus aussi. Au petit matin elle vient le chercher. Elle était en train de lui caresser l'aisselle quand il s'est réveillé. Sûrement qu'il avait les bras levés.

Le vertige se passe là, dans la tête : il porte les mains à sa tête sans toucher, en faisant tourner, c'est une mappemonde qui tourne, voilà l'idée que son geste veut donner, puis il pose, toujours sans poser, les mains sur les bras, au-dessus sans effleurer : il a l'impression que sa peau s'en va. Tu vois ? C'est très très curieux. Ce sont les symptômes hystériques. Utérus, tu sais que c'est la même origine. Il se l'est rappelé l'autre jour sur le divan du psychanalyste. Il n'y a plus que ça qui l'intéresse. L'autre jour, il lui a dit : « Comment on fait quand on a perdu toutes ses obsessions, la cigarette, le sexe, la bouffe, la mère, les Arabes ? » Il n'y a plus que la psychanalyse qui intéresse. Ouais, t'as raison, un jour normalement ça s'arrête.

L'aisselle droite, la sensation était exquise et il avait bien sûr une intense érection. Puis la femme lui a parlé, elle lui a dit « tu as envie, toi aussi ? » Il a dit « oui », elle lui a dit « viens ». Bon... il ne l'avait jamais fait.

Il est allé voir un radiologue pour son nez. Le radiologue lui a placé une caméra à l'intérieur du nez. C'est une cavité rouge. Quand tu fais « eh », tu vois deux petites membranes rouges qui font « eh », joli comme tout. C'est l'image qu'il se fait du sexe des femmes. Et dans les bras la pulsation du sang. Il ne sait plus, l'intérieur, l'extérieur, la sensation de la peau, dedans, dehors. Ça redouble quand il se met en colère. Et c'est lié à Marie, il a honte. Elle lui a dit « j'ai envie de te peloter » en plein milieu d'un restaurant bondé de gens. Il a eu honte. Qu'est-ce que tu en penses toi de ça ? Au début c'était familial, très sympa, et puis son fils, le petit Paul, et puis ils mangeaient presque tous les soirs ensemble, avec Bertrand aussi. Ils s'étaient dit qu'un jour peut-être ils prendraient ensemble un appartement, tous ensemble. Comme à vingt-cinq ans, ils disaient que, tous, ils coucheraient ensemble.

Il est né le 4-11-68. Il a fait des études de lettres. S'est arrêté au Deug, a travaillé quelque temps comme libraire.

Elle a relevé sa chemise de nuit. Il s'est approché de son sexe. Il a eu la sensation, par son sexe à lui, qu'elle était inondée. La femme, elle avait une quarantaine d'années. Son sexe a touché le sien, peut-être pas, peut-être pas à l'intérieur, peut-être quelque part. Et il a joui, instantanément. Pour dire « j'ai fait l'amour » il manquait la pénétration et la durée. Il ne suffit pas, pour dire « j'ai fait l'amour », d'entrer et de jouir. La première fois il faut qu'il y ait deux-trois fois, ou que ce soit très complet, les deux jouissent ou jouir à l'intérieur, on les suce, on les masturbe. Au moins il faut qu'ils pénètrent, c'est la moindre des choses. Je pense que tous les mecs seraient d'accord avec ça : avoir pénétré le sexe d'une femme. Non ? Je ne sais pas.

Ils sont saturés de mon ironie, de mes sarcasmes. Exercez donc vos talents ailleurs que sur nous. Vous en trouverez d'autres. Déversez tranquillement votre fiel, puisque vous trouvez là votre bonheur. Je ne peux leur enlever toutes les années passées, à aimer leur fils avant. Ils sont partis en claquant la porte. J'ai voulu me mettre à la machine. J'ai voulu écrire. Je n'avais plus d'idée. J'ai demandé aux autres de me parler. Ils ont des vies, qu'on doit pouvoir raconter. Je me disais. Les autres.

On se rappelle les paroles les plus anodines. « C'était pas terrible, hein ? » Et la femme, « c'est rien, ça arrive ». Il faisait très chaud. Contre le corps de cette femme, dans son grand lit posé à même le sol, ils étaient bien. À même le sol « c'est plus pratique ». Il était bien là dans du sexuel pur.

Il a laissé passer dix minutes, il a rassemblé son courage pour dire « c'était la première fois », qu'il ne fallait pas le dire à Jean-Hugues. Mais là, quiproquo du siècle, qui a foutu sa vie en l'air. La première fois, elle a compris : qu'il éjaculait précocement. Ç'aurait pu être extraordinaire, si elle avait compris. Une femme de quarante ans, ça se serait bien occupé de lui, ça l'aurait fait jouir, ça lui aurait appris. Ils auraient pu passer un long moment. Surtout qu'elle était un peu nymphomane. En dix ans, elle s'était fait cinq cents, six cents, sept cents types, c'était compulsif. Elle aimait beaucoup les jeunes. Elle l'avait repéré depuis longtemps. Mais « la première fois », elle a compris que ça voulait dire : qu'il éjaculait trop vite. Chaque phrase l'a enfoncé un peu plus. « Tu es peut-être comme moi, tu préfères les gens de ton sexe. » Elle s'était fait la boulangère et plein d'autres femmes du village, ne voulait pas qu'il le répète. Et donc voilà.

Maintenant quelqu'un d'autre. Complètement différent. La toute première jouissance. Dès la toute première fois, elle avait déjà la sensation de ne plus s'appartenir. C'était terrible, terrifiant. Elle était pleine et vide. Elle a pleuré. Elle aimait Philippe. C'est la première fois qu'elle en parle. Ce sont des choses secrètes, à quoi bon ? Les mots réduisent, elle en a peur. Philippe, il lui était impossible de se séparer de lui. Même s'il voulait toujours partir, s'installer ailleurs, à Ibiza. Elle n'avait pas besoin d'Ibiza elle pour être ailleurs. Ç'a été dès la toute première fois avec lui, une grande jouissance.

Il ne pouvait pas faire machine arrière. Il était recroquevillé à l'intérieur. Et coincé ensuite. Elle lui a dit « tu préfères la main ou la bouche ? » comme s'il avait l'habitude. Il préférait la bouche, alors il a dit « la main ». Il aurait tellement préféré qu'elle le suce. Il est parti le lendemain. Avec une inhibition de plus : l'impuissance temporaire, l'éjaculation précoce. Et si je n'étais pas capable de rentrer, il se disait, comment on rentre ? Tout cela lui paraît tellement facile aujourd'hui. Entre un homme de vingt ans et un homme de quarante (trente-neuf) ce n'est plus du tout la même personne, il s'en rend compte.

Elle a la haine. Sa mère, enceinte d'elle, prenait des barbituriques pour la faire partir. Qu'elle avalait devant tout le monde.

Actuellement il travaille aux éditions POL. Je donne quelques détails autres. Que sexuels. Dont leur vie est faite.

Dominique a été mal soigné, pourquoi il

l'a laissé partir en Roumanie, dans ce pays où il n'y a pas de chauffage et rien à bouffer. Il se revoit faisant la valise, mettant des lentilles et du riz. Il a toujours présenté des signes de fragilité. Il a des maux de gorge quand il lit Genet. Tu sais qu'il est mort d'un cancer de la gorge ? Tu sais que c'est pour ça que j'ai arrêté de fumer ? Et maintenant, plus du tout de nicotine, il n'en peut plus. Il n'arrive pas à le supporter, il va se remettre à fumer. Et tiens, si j'en prenais une de tes Dunhill, si j'en prenais une, hein, je serais libre. Il ne le fait pas. Et qu'est-ce que c'est tous ces picotements de peau ? Il paraît que c'est très rare les symptômes au niveau de la peau. C'est quand il a pris sa mère dans les bras. Il y a trois ans elle a fait une anorexie, on l'a retrouvée à l'hôpital. Elle pesait quarante kilos, une toute petite chose, là, sur son petit lit minable, quatre-vingts ans. Et il l'a prise comme ça dans ses bras. Comme la Pieta. Il a fait la Pieta renversée avec elle. Tu crois que c'est ça mes symptômes hystériques dans les bras, tu crois que c'est les bras de la Pieta ?

La première fois qu'ils jouissent en se caressant c'est avec quelque chose de doux, par exemple un bas de leur mère. Ils se l'enfilent sur la queue, se caressent à travers. Le blanc sort, ça leur plaît mais ça les surprend.

Il a toujours eu dans sa vie des folles. Il a eu une drôle d'enfance.

Mais Philippe n'était pas le premier homme. Le premier homme, c'était sordo, dans une petite chambre, avec peu de place, peu de liberté, un copain dans la chambre à côté. Elle a honte, c'est la première fois qu'elle en parle. Mais ça l'a transformée. Dans son corps c'était violent, et dans son être, même si elle ne pouvait pas dire ce qui changeait exactement. À quinze ans, c'était son chemin. Même s'il y avait l'école, la vraie vie, elle savait qu'il fallait faire quelque chose de sa vie, le travail. Toutes ces questions ont été repoussées.

Qu'est-ce que tu en penses ? Son homéopathe-psychiatre lui disait l'autre jour, Chebel avec son gros cul et ses robes à fleurs elle n'est pas mal quelquefois, elle lui disait « vous avez la sensation d'une peau qui tombe des bras, ça veut dire "va-t'en, va-t'en", en perdant votre peau vous dites "va-t'en" à quelque chose ». Il n'en est pas convaincu, il est sûr que c'est autre chose. Autre chose mais quoi ? Ce matin, il a remis le patch de nicotine. Ça va mieux crois-moi. Et il s'est acheté des chewing-gums homéopathiques dégueulasses.

Quand elle lui a dit la bonne femme « ici mademoiselle c'est pas Monoprix », elle a renversé tous les parfums des étagères. Elle a la haine. Sa mère prenait des barbituriques pour la faire partir, qu'elle avalait devant tout le monde. Ses fils, oui, elle les aime. Ils font tout ce qu'ils veulent parce qu'ils ont un sexe d'homme, dit-elle. Un vier, un chibre. C'est comme ça qu'elle dit. Elle veut écrire, elle se cherche et elle cherche les autres. Sa famille lira, elle s'en fout, elle la tue.

Les caresses, les fellations, c'est un peu comme monter une pente, ils font un effort et il y a des interrogations. Est-ce que je ne vais pas trop vite ? Est-ce que je ne vais pas jouir trop vite ? Est-ce que je ne vais pas jouir du tout ? Tout le temps à la tête. Puis viennent les premières contractions, ils ont passé le point de non-retour. À partir de là, ils ne pourront plus arrêter. Souvent ils ralentissent un petit peu, il est très bon ce moment. Ils aiment y revenir, arrêter, calmer, y revenir, et même plusieurs fois, à ce moment-là, délicieux. Au sommet de la pente, c'est l'endroit plat.

Puis ils basculent de l'autre côté, où, inéluctablement, ça va sortir. Le début de la descente. S'ils sont seuls ou avec une fille dont ils se foutent, ils n'aiment pas tellement. Avec moi, il se laisse rouler, jusqu'en bas, et dans mon vagin, sans plus rien contrôler. Il roule sur lui-même, et encore plus vite, il ne va pas se faire mal, au contraire, il n'y a aucun choc à l'arrivée. Au contraire : c'est de la mousse. Et de la grande liberté. Ils ne contrôlent pas, sscchhuu..., ils glissent ou plutôt ils roulent, il y a l'étourdissement en même temps.

Les os pelviens qui se touchent et le squelette de la femme qu'ils ont dans les bras, c'est un cadre dur. Et juste à cet endroit-là, il y a un endroit, juste à l'extrémité de ce dur, un endroit qui est le mou, le vide, l'apesanteur. Toute cette carcasse de dur, et la queue qui dépasse dans rien elle. Comme si leur corps restait en arrière, le bassin, la cage thoracique, du côté dur. Leur corps plaqué à la paroi, ça leur fait mal un peu, ça les retient. Sauf leur sexe, qui va en avant, lui.

Ils adorent : quand ils sont bien à fond dans le vagin, qu'ils sentent le mur bien dur et qu'ils ont « le pénis qui est houou... comme si je n'en avais pas » ou que ce n'était pas à eux. Car c'est un fardeau. Mais ça n'arrive pas souvent cela. « Quand ça arrive, c'est... » ils se souviennent de presque chaque fois que c'est arrivé. C'était chaque fois avec moi ?... Sauf dans la bouche. Tu peux m'en parler ? Alors que dans le vagin, ce sont eux qui bougent. Même en dessous c'est quand même eux qui bougent. Dans la bouche l'activité ne vient pas d'eux. C'est une sensation de douceur qu'ils ne trouvent pas dans le vagin. La bouche c'est plus mou, ce n'est pas mou le vagin, c'est un trou, c'est vide. La bouche c'est plein, il y a toujours la langue. Quand une femme les suce bien il y a toujours la langue. C'est incontrôlable dans la bouche, ils ne peuvent rien faire pour contrôler. Et il y a beaucoup de surprises quand ils sont sucés. D'incrédulité, que leur queue tout entière puisse rentrer là-dedans. À chaque fois ils n'en reviennent pas. Cette langue, presque insupportable, active, cette sensation tactile si forte c'est à peine supportable. C'est incroyable de jouir dans une bouche. Ils n'en reviennent pas, le sperme disparaît. Il y a une construction anglaise qui dit bien ça, *to lick it clean. The dog licked the plate clean*, il a nettoyé l'assiette en la léchant.

On l'a empêché, on lui a dit « je ne pense pas qu'il souhaite te voir ». Et le 9 décembre à seize heures dix, Liliane lui téléphone, lui dit « Dominique est mort ». Il a foncé à l'hôpital, il l'a vu, il ne voulait pas y croire. Qu'est-ce que tu veux faire avec ça ? Voilà. Qu'est-ce que tu veux que je te dise ? Tu as quarante-sept ans, tu deviens presbyte, tu ne supportes pas, mais pas du tout les Varilux, qu'est-ce que tu fais ? Eh bien tu te fais faire deux paires de lunettes, au lieu d'une seule avec verres progressifs. Tu prends une paire pour lire et une autre paire pour le reste. Dominique est mort.

Quand ils font l'amour, leur queue, elle n'est pas propre, il y a du foutre, du liquide vaginal. Il faut se laver la queue, que ce soit leur liquide ou celui de la femme, ils ont envie de l'enlever. Dans la bouche en même temps qu'ils se salissent ils sont nettoyés. Ça leur fait les deux à la fois.

Ce qui est bien. C'est quand on leur mordille le sexe en même temps qu'on le leur suce. Quelque chose de dur qui les grignote, plus dur que tout ce qu'ils peuvent rencontrer dans le vagin, et quelque chose de mou, c'est bien ce contraste.

Elle a travaillé longtemps à l'étranger. Lorsqu'elle est rentrée en France, elle a eu du mal à se réadapter. Elle avait vécu dans un pays, où il y avait le soleil, la mer, et aussi Richard. À son retour, elle n'était plus habituée à la grisaille et à la tristesse des gens.

Et ce décalage avec le quotidien. La sensation est neuve. Sont caressés des endroits qui d'habitude ne le sont pas. Quand on leur caresse les cuisses, le sexe, quand on les suce, ils ont le plaisir de la sensation, et aussi de cet endroit qui n'a pas l'habitude. C'est bien.

Elle est rentrée en France du jour au lendemain sur un coup de tête. Elle avait trente ans.

Écoute ça : « Je sais que bien des gens

diront que la semence du singe provient de quelque chose d'autre, alors je dirai que ce quelque chose d'autre provient de Dieu. Je sais qu'on me dira que ce quelque chose d'autre provient de quelque chose d'autre. Alors je dirai que ce que vous appelez "quelque chose d'autre" c'est Dieu. Je suis l'infini. Je suis tout. » Il savait que ça me plairait Nijinski. Les *Carnets*. Sinon il dort bien. Il a du mal un peu à s'endormir. Mais quand il est parti, il est parti. Il ne se réveille pas. Et ta fille, où est-elle en ce moment ? Tu préfères qu'elle te manque ou qu'elle te fasse chier ? Qu'elle te fasse chier, ben oui j'en étais sûr.

Il y a six mois elle a connu un Arabe, sa mère veut qu'elle crève du sida parce qu'elle ne se marie pas. Elle lui dit merde. Elle existe. C'est pour ça qu'elle veut écrire. Parce qu'elle se cherche et qu'elle cherche les autres. Qu'elle existe. Elle veut leur dire : j'existe. Son oncle s'est pris un coup de fourchette quand il a essayé de la toucher. Elle lui a planté une fourchette dans le front, qui est restée piquée dans l'arcade sourcilière. Ça l'a rendue raciste avec les bruns. Elle avait une voisine aussi, entre frères et sœurs chez eux ça y allait. Dans leurs quartiers il y a beaucoup d'enfants pas clairs. Elle dit que les Arabes sont les derniers enculés de la terre.

Elle était partie sans préavis ni discussion. Elle était perdue, à côté de ses pompes. Elle se rebellait contre tout ce qui est la norme : travailler, gagner de l'argent. Travailler honnêtement.

Tu ne m'as pas dit avec qui c'était la bouche ? Tu m'as juste donné des détails techniques. Ce n'est pas ce que je demandais. Une femme qui avait une quarantaine d'années, il ne se souvient plus du nom. Et une fille rencontrée à Nice, il ne se souvient plus de son prénom non plus. Dans une soirée chez Nanou. C'était comme ça qu'on l'appelait, non ? Nanou.

Le moment où le désir commence à venir avec moi, il a l'impression de se défroisser.

La vue c'est important aussi, quand il découvre mes seins. Quand je l'embrasse avec ma bouche. Mes baisers sont sensuels. Elle devient un organe sexuel comme mon vagin. Vu que je ne mets pas la langue, mes baisers c'est du vide. Leurs baisers, ça fait penser à une queue, les autres femmes. Elles font la langue dure, elles fouaillent dans la bouche. Elles s'en servent comme d'une queue. C'est bien mais c'est plus fatigant. Moi c'est plus féminin, pas plus agréable. Mais très fort en tout cas. Ça lasse au bout d'un moment la langue. Moi, on ne s'en lasse pas. C'est un manque.

Enfant, distrait, il regardait par les fenêtres les nuages dans le ciel, en écoutant un disque, les ouvertures de Wagner.

L'homéopathe uniciste lui a dit qu'il était Arsenic dans ses catégories à elle. Il lui a répondu tout de suite « ah bon, pas Lycopodium ? » Il a l'habitude lui de l'homéopathie. Elle lui a dit « non, non, Arsenic chez vous c'est plus profond ». Arsenic ce sont les gens qui veulent remettre les tableaux droits et qui font sans arrêt des rythmes. Le soir dans leur lit qui se frottent les pieds en rythme. Il se sent mieux, là. Là, il n'a plus de vertige. Le Martini ? Non c'est de parler surtout. Il a beaucoup besoin de parler. De Dominique. Quelqu'un avec qui t'as jamais couché et qui meurt du sida c'est terrible. Il se sent responsable tout d'un coup. Il se dit « il a été mal soigné ». Mais ils avaient surtout une complicité artistique.

On est antipathiques, hein c'est ça ? C'est ce que vous pensez. Elles le savent, elles sont spéciales et elles ont un regard agressif sur les autres, sur la vie. Tout les dégoûte. Est-ce qu'elles sont vraiment les enfants de l'amour ? Elles ne savent pas. Elles ne croient pas. Elles n'y croient pas. Elles existent. C'est pour ça qu'elles veulent écrire. Elles en ont marre de nos romans à la con, marre. Par-devant on leur fait bonne figure, mais on les encule par-derrière, elles le savent. Elles ont un regard agressif sur les autres, sur la vie, elles le savent. Elles crachent sur la mentalité arabe. Le regard inquisiteur de leurs pères. La haine de leurs mères. Elle a vu son père dans la cuisine s'acharner sur les deux grosses mamelles de sa mère, pleines de veines. Leur pays est beau mais des fois elles ont envie de les gazer. Quand elles disent « gazer » c'est par rapport à l'Histoire bien sûr, mais surtout par rapport à cette femme arabe, asthmatique qui s'est fait tuer. Le flic pour calmer l'atmosphère a jeté du gaz, elle est morte à cause de son asthme. Elles, elles s'en sont pris du gaz, elles ont mis deux heures à s'en remettre. Le gaz c'est dégueulasse comme arme. À mains nues on ne peut pas achever quelqu'un, ou faut vraiment aller très très fort. Les Juifs ce qui leur est arrivé c'est inhumain. C'est pour ça qu'elles veulent écrire.

On lui demandait si elle cherchait du travail. Elle répondait « non, foutez-moi la paix ». Elle ne sortait plus, sauf pour l'essentiel, cigarettes et alcool. Dormait une bonne partie de la journée.

Ils se faisaient une joie de revoir Léonore, de la revoir et de la connaître un peu mieux cette enfant. Après trois ans de privations.

Sa quête était physique à quinze ans. Dix-huit ans, vingt ans, vingt-deux ans. Et puis elle a mis ça de côté, elle a voulu devenir ostéo. Elle a reporté toute sa libido sur l'ostéo.

Florence est venue le voir à Nantes. Toute la nuit, il est resté éveillé, les yeux écarquillés, sans la toucher.

Malheureusement, ils ont pu constater la soumission de leur fils, soumission qui apparaissait déjà à la lecture des livres de Christine. Et particulièrement dans le dernier. Et particulièrement à la dernière page, où elle est crûment révélée. Leur fils a donc perdu tout sens moral ? L'idée même de dignité doit lui être inconnue.

Elles n'ont pas de culture, mais elles en font de la culture. Elles essayent. Elles sont obligées de faire des concessions. Même ici. On leur a dit « Malika, Fatma, Dali, Farida, venez Malika, Fatma, vous êtes arabes, Dali, Farida, venez, ça ne fait rien. Vous allez faire un atelier d'écriture, vous, des Arabes, et on va vous publier. Avec votre arrière-plan, votre vécu. » Écrire c'est des mots de bourgeois, elles ne savent pas si elles ont envie d'y arriver.

Elle n'avait plus ses règles de nouveau, elle ne voulait pas se séparer de Philippe cependant. Marie-Laure l'a aidée. Elle la sentait bien. Elle demandait beaucoup d'elle physiquement. Tout d'un coup elle lui disait « tu y es pas, ça ne m'intéresse pas de continuer si tu y es pas ». Un jour qu'elle pensait à autre chose pendant qu'elles faisaient l'amour. À la culpabilité, ou à un truc ou « c'est l'heure ».

Il aura quarante-huit ans en hiver. Né en

Algérie, il est venu en France à quatorze ans. Il a travaillé dans le théâtre, puis très vite, la danse.

Écoute encore ça : « J'ai remarqué que quand je mange de la viande et avale sans mâcher, mes matières sortent avec difficulté. Je suis obligé de faire de tels efforts, que les veines de mon cou et de mon visage éclatent presque. J'ai remarqué que tout mon sang afflue vers ma tête. J'ai compris qu'un tel effort peut conduire à l'apoplexie. Je ne connais pas cette maladie, mais je connais un incident que je veux raconter. Mes matières ne sortaient pas. Je souffrais, car j'avais mal à l'anus. Mon anus n'était pas grand et les matières étaient grosses. J'ai fait encore un effort, et les matières ont avancé un peu. Je me suis mis à transpirer. J'avais froid et chaud au corps. Je priais Dieu qu'il vienne à mon aide. J'ai fait encore un effort, et les matières sont sorties. Je pleurais. J'avais mal, mais j'étais heureux. Quand tout ça a été fini, je me suis essuyé, ça m'a fait mal au derrière. J'ai remarqué qu'un bout de l'intestin était sorti et j'ai eu peur. J'ai voulu me le renfoncer dans le derrière, je croyais qu'il rentrerait mais il n'est pas rentré. Je pleurais. J'avais peur pour ma danse. » Il le savait que ça me plairait, ça. Il me connaît. Ça me plaît, c'est vrai.

Comment en arrive-t-on à subir dix-huit opérations de chirurgie esthétique en quatre ans, comment peut-on vivre avec une poitrine de six kilos, que se passe-t-il dans sa tête ?

Il a soixante-six ans, elle quatre-vingt-deux. Il est né à Paris, elle à Perpignan.

Directeur, ça lui est monté à la tête.

Ils ne tiennent pas à perturber la vie de Léonore. Leurs visites ne pourraient, compte tenu de l'ambiance que nous savons créer, que s'achever dans le drame.

Léonore est entre nos mains l'instrument de notre vengeance.

Ils sont saturés de notre ironie, de nos sarcasmes. Exercez donc vos talents ailleurs. Déversez tranquillement votre fiel. Vous trouvez là votre bonheur.

Aussi bien dans ses écrits, elle a toujours été provocatrice.

Merde, elles crachent sur tout, elles en ont ras-le-cul. Leur mère leur a dit toute leur enfance de se méfier de la chair blanche. Les enfants, disait-elle, reconnaîtront leurs parents. « Disait-elle », chez elles elles ne parlent jamais comme ça, elles essayent parce qu'elles font un atelier d'écriture. Qu'elles se cherchent et qu'elles cherchent les autres.

Elle entre dans le vif du sujet. Elle a décidé de trouver un boulot, n'importe quoi. Qui ne soit pas astreignant, où on n'a pas besoin de réfléchir, où on gagne de l'argent facile.

Puis Brigitte, dans un voyage en Crète, superbe fille — il en avait des jolies. Musclée, sportive, grande, un mètre soixante-dix-huit, des cuisses et des fesses très fermes. Ça commençait vite avec elle. Elle était la plus belle du car et ils étaient ensemble tout le voyage. Près d'Héraklion, dans un village minuscule, ils buvaient pas mal de blanc, la première nuit. Il essayait de danser avec Brigitte le plus souvent, le patron avait sorti son bouzouki. Et en partant « *cali nikta Casanova* ». Dans la campagne crétoise ils ont fait trois pas, elle s'arrête, elle se retourne, l'embrasse en pleine bouche. Mais tout le séjour ils vivaient en communauté, sous la tente tout le temps. Le rapport sexuel n'était pas possible.

Ça devait être intenable ? Ils marchaient dix heures par jour, parfois douze. Un matin, ils dormaient à la belle étoile au bord d'une plage. Le groupe est allé nager. Ils sont restés en arrière, ils se sont caressés, mais là, impossible de bander. Il débandait dès qu'il s'approchait d'elle pour la pénétrer. Au retour c'était dur de la quitter, mais une demi-heure après il apprend que son meilleur ami était mort. Pendant la Crète, d'un accident de moto. Il avait été projeté sur la route, la moto avait fini dans le canal. Un blanc... Tu as fini ? Il n'a pas un plan dans la tête. J'ai l'air de penser que tout est organisé. Après il a eu d'autres aventures, mais pas dans le même trip... Qu'est-ce qu'il y a ? Rien. Pourquoi tu pleures ? Pour rien... Et puis dans la même logique il y a toi aussi évidemment. Sa vie sexuelle a suivi une gradation infime, de zéro à l'infini. Il rit : à l'infini. Et ça l'a foutu en l'air. Si, il le sait. Une odeur de clope ou il ne bandait pas ou il jouissait trop tôt ou un copain à côté. Il pleure. Avant de faire vraiment l'amour avec moi, ça a pris des années. Les années perdues.

La jouissance physique, oui — mais elle n'avait pas confiance, elle avait peur. Elle s'en protégeait : ne donnait pas tout. « Quand on fait l'amour, l'un est plus actif, l'autre plus passif. » Pour se protéger elle commande. Quand c'est très fort, elle ne peut plus se protéger. Lâcher tout, elle est obligée. Dans la jouissance il y a plusieurs niveaux. Le premier niveau du plaisir : dans le corps.

Ça l'a rendu malade. Il y a des choses graves. Qu'il ne peut pas me dire, des difficultés où il a été conduit. Que je ne peux pas soupçonner. L'origine du nœud c'est qu'il n'était pas beau, mal foutu, limité dans son intelligence. Mais, pas plus que les autres. « Comment peux-tu plaire aux filles ? » son père s'interrogeait. Il a été malade, il se sent indigne, sale. C'est un cliché il le sait, mais il éjaculait à la gueule de sa mère. De son père aussi d'ailleurs.

Tout lâcher, tout, elle y arrivait souvent au début avec Marie-Laure. Après non. Quand elle se protège elle arrête l'autre. Sa main. Elles avaient des échanges dans la tête et une histoire sexuelle. Marie-Laure lui disait « toi, à part l'ostéo, l'ostéo, l'ostéo, fais un peu autre chose ». « Tu as tout à découvrir », elle lui disait. Mais ça manquait dans le cœur, elle n'avait pas confiance. L'autre était perverse, intelligente, manipulatrice. C'était terrible, elle venait la chercher tellement fort dans le corps qu'elle craquait.

Elle a une petite fille blonde de six ans.

Il y a des moments où elle fait n'importe quoi. Elle avale des médicaments, elle se jette par la fenêtre.

Elles ont vraiment la haine. Tout les dégoûte, les intégristes aussi les dégoûtent. Heureusement qu'elles ne sont pas racistes, sinon elles les feraient souffrir. Elles ne les ressentent pas, ces hommes, ces pervers, des sadiques. Aux filles comme elles qui s'habillent et qui se maquillent, ils disent « en enfer vous vous prendrez des bites en feu ». Elles en prennent un, elles le tuent. Elles l'attachent par les couilles. Elles lui font les pires saloperies. Elles le dissèquent, elles lui disent ce que c'est, elles lui font manger cru. Et bien sûr elles le pendent par les pieds pour pas qu'il gerbe. Que ça reste compact. Elles lui font bouffer sa propre chair. Pendant tout ça, elles ont la main dans son vieux cul. Elles s'en fichent d'aller en prison toute leur vie, elles le tuent. Elles font des mollards et elles lui crachent dessus. Elles dissèquent les organes les plus sensuels du corps. Et surtout qu'il vomisse pas. Si elles ne se vengent pas sur ça, leur vie n'a plus de sens. Les Juifs, ce qui leur est arrivé c'est inhumain. L'excision, l'infibulation. Tout ça s'accumule et elles ont la haine.

Un beau matin, elle est partie à Paris avec l'objectif de trouver n'importe quoi comme boulot. Elle a vu plusieurs annonces pour des postes d'hôtesse, elle savait très bien de quoi il s'agissait. Elle n'est pas quelqu'un de naïf.

Elle est née le 8-11-31 à Châteauroux, d'une mère, grande, ancien mannequin, et d'un père juif, qui vivait en Égypte. Elle me disait hier « que c'est difficile de vieillir » en partant, sur le palier. Puis, « je voudrais revenir, ne serait-ce que huit jours, en arrière quand tu étais petite ».

Les femmes c'est plus fragile, il y a plus de... elle ne sait pas comment dire, mais le corps d'une femme, c'est entrer en elle, pouvoir. Comme en soi, on peut entrer en soi, ça double. Et ça l'aide dans son chemin, en ce moment. C'est doux, c'est doux. C'est plus fragile. Elle peut aller dedans. La fragilité c'est ce qu'il y a de plus profond, non ? Elle en a besoin. Pour faire éclater ce noyau dur, à la fois extrêmement mou, ce noyau dense d'émotions, qu'on peut faire éclater parfois. Et quand ça éclate, ça va loin. Ibiza c'est tellement rien. Si elle compare, jamais un homme n'a pleuré dans ses bras, jamais. L'émotion est si forte qu'elle ne peut plus retenir. Quelque chose éclate et fond en même temps, c'est tout le corps qui coule. Philippe elle l'a vu deux fois pleurer. Une fois que son chien était très malade et qu'il pensait qu'il allait mourir, et quand sa sœur est morte.

Elle aimerait beaucoup avoir des seins plus gros, mais ça pose des problèmes médicaux. On ne peut pas distendre la peau encore plus.

Elle se posait des tas de questions. Ce milieu d'homosexuelles qu'elle fréquentait ne l'intéressait absolument pas. L'autre dominait, si elle lâchait, elle lâchait tout. Bernard l'a aidée à rompre avec elle. Mais dans la sexualité, ah non. Il ne fait rien, il se laisse faire. Et ça l'énerve. Il faut tout le temps aller le chercher, imposer son désir. Quand. Comment. Philippe c'était lui qui choisissait les moments au moins.

Elle a rompu avec ses parents. À chaque fois qu'ils la voyaient, ils lui disaient de couper ses talons aiguilles, d'enlever ses bagues, de faire rétrécir ses seins. Elle n'a qu'une envie c'est de mourir, quand on lui dit ça.

Il a été directeur adjoint puis directeur. Il n'aurait pas fait la carrière qu'il a faite s'il n'avait pas été psychologue.

Elle a téléphoné. C'étaient des clubs privés. On lui a demandé de passer.

Quoi qu'on lui propose à Bernard ça lui convient. Il se laisse faire. Ce n'est pas ce qui peut la faire fondre. Avec Bernard, ce n'était pas une grande jouissance.

Elle vomit toutes les heures. Elle ne peut plus manger. Avant de venir, elle a vomi.

Elle a bu un verre d'eau, elle a vomi dans le verre d'eau. C'est dégueulasse, elle espère que je n'ai pas mangé. Elle ne comprend pas parce qu'elle n'avait rien dans le ventre. Elle a demandé au médecin « pourquoi je dégueule ma merde ? » Il lui a dit « oui, vous dégueulez vos tripes, votre merde, sinon, aucun microbe dans vos prises de sang, elles sont parfaites, sauf une anomalie mais laquelle ? » La vérité c'est qu'elle dégueule sa haine. Elle veut écrire maintenant. Ça marchera, ça marchera pas. Ça dépend de nous. Et nous, elles nous disent merde.

Ils ne comprennent pas qu'on ait du désir sexuel pour une prostituée. Quand ils imaginent ce qu'il y a dans sa tête. Ils se sont fait masturber une fois ou deux en payant. Mais entre la main et le sexe, il y a une différence, non ? Entre les degrés de viol. Dès le moment où tu payes. Il y a une différence si c'est une petite somme. Ils n'y sont pas allés pour jouir mais pour dire :

Combien tu prends ? C'est loin ? Est-ce que tu fais ça ? Un peu comme : je te veux, tu es belle, tu as de jolis yeux, tu viens danser, tu me fais bander, tu viens prendre un verre à la maison. Pour apprendre. Il n'a pas couché avec, le plus agréable c'est quand elle l'a lavé. Ils ont payé. Ils ont discuté. La fille se faisait chier, eux aussi, ils se sont barrés. Chaque fois tu te les rappelles ? Oui mais il ne peut pas m'en parler. Tu as fini ? Pourquoi ? Parce que j'aurai des questions. Vas-y. Le bas, tu l'as lavé ? Qu'est-ce qu'il en a fait du bas ? Il ne l'a pas lavé. Ça, il en est sûr. C'était un bas au sale. Qu'il avait pris. Il en est sûr à quatre-vingts pour cent. Il se voit le prendre au sale. En fait ce n'est pas tellement sale. Quand ils s'appliquent ça sur la queue et que le sperme sort il y a un centimètre carré de concerné, l'endroit du méat. Ça traverse et après ça tombe ailleurs. Le bas devait être très peu sale, il a dû le remettre au sale. Puis ça sèche et puis bon... quand on fait une lessive, on ne va pas disséquer. Si c'est sale, où ? comment ? La première jouissance provoque un bouleversement, la sensation physique, et en avoir une nouvelle qui vous tombe du ciel. C'est ça surtout.

Le bas, c'était une époque de grande solitude.

Ils disent « en enfer vous vous prendrez des bites en feu ». Elles en prennent un, elles le tuent.

Ils se faisaient une joie de revoir Léonore et de la connaître un peu mieux cette enfant. Trois ans de privations !

Il a donc perdu tout sens moral, l'idée même de dignité doit lui être inconnue.

Et faire jouir ? Le plaisir du changement de texture. Ils passent de l'endroit poilu à un endroit lisse, dépourvu de poils, et en principe mouillé. Ils recherchent ce passage. Puis le clitoris, parfois la recherche est subtile. Avec un gros clitoris, c'est fort comme plaisir. Et moi, la recherche est subtile ? Moyenne, faut chercher un peu mais on le trouve quand même facilement.

Ce qui leur plaît : la variété dans ce qu'ils peuvent faire. S'occuper seulement du clitoris. Le faire rouler sous le doigt, l'avoir encore encapuchonné, le dégager des lèvres. Ils le sentent recouvert de chair, ils peuvent le dégager plus et l'avoir à fleur de peau au contraire. Ou quitter le clitoris et s'enfoncer dans le mouillé, un doigt, deux doigts, toute la main, continuer avec le pouce ou pas. Étaler très largement la mouille. Que toute la vulve soit mouillée. S'occuper de l'anus aussi, finalement non, plutôt en faisant l'amour. Travailler avec la paume de la main quand les doigts sont à l'intérieur.

Un truc qu'ils adorent pendant ce temps : le visage et le corps d'une fille contre le leur. Elle pense à elle, son corps leur fait mal. S'appuie et s'enfonce en eux pour jouir plus, ça peut faire mal. S'ils ont une mauvaise position, mais ce n'est pas grave.

Une sensation physique qu'ils adorent aussi : elle s'appuie le plus possible quand ça approche. Une fille debout contre un mur, qu'il avait fait jouir une fois. À la fin il la portait entièrement. Mais ils ne bandent pas forcément. C'est génial le début quand ils commencent. Ça commence toujours par les seins, à travers le tissu si possible, pas directement nus. Donne moins tes goûts, essaye. Et puis ça me gêne. Une petite boule non seulement dure mais qui durcit. Tout est là dans le changement d'état. Au début avec un seul doigt, de l'ongle ou de la paume, l'énerver ou le gratter. Attends, on arrête. Bon. Trop technique. Les fantasmes, tu m'en parles ? Il ne voit pas là-dessus ce qu'ils pourraient avoir comme fantasme. On arrête ?

Il leur est difficile de savoir quand il faut arrêter. Ils ne savent pas où ils en sont, jamais, ce n'est pas très clair. Trop tôt ou trop tard. Ils sont sur le qui-vive, attentifs. Ils voient, ils jugent, entre le raidissement du corps, l'alanguissement, le visage, la pression de la main qui change. Quand les filles se mettent à éclater de rire, il en a connu deux comme ça. Et à pleurer ? Toi, je pense, ça t'est arrivé. Seulement à moi ?

Oui je pense, je n'en ai pas connu des centaines non plus.

Quand il pense que vendredi, il rentre chez lui à huit heures moins le quart, il se met en jogging, crevé, et il allume la télé. Gabin, film sur la boxe en noir et blanc, sur le câble, il se détend. À neuf heures le téléphone sonne, il n'a pas le temps d'accéder, on avait déjà raccroché. À neuf heures et demie, rebelote, cette fois il décroche, c'était Madeleine Larbiou qui lui disait « ben alors Jean-Marc », il était invité à dîner, il l'avait oublié, avec les plus grandes sommités de la ville. Qu'est-ce que tu veux faire ? Le lendemain envoyer un bouquet de fleurs.

Une dernière question et on arrête cette fois. Ça manque de fil directeur. C'est trop du tac au tac. Ce manque de confiance dès cinq ans ? Son premier souvenir : sa voûte plantaire affaissée, ses problèmes avec les pieds, le valgus, et des chaussures orthopédiques lourdes, inesthétiques.

Les fringues, on le boutonne jusqu'au

col. Pas tout le temps, il avait aussi des trucs qui lui plaisaient, attention.

Des écrivains aussi, des collègues... Quand les universitaires dans cent ans se pencheront sur son œuvre... Cent ans !... Que dit-il ? Deux cents ans, trois cents ans. Quand il écrit une belle phrase, il ne pense à rien. Qu'à la phrase. Ils me conseillent de faire comme eux. N'être rien.

Le premier endroit était un bar à putes, il faut dire ce qui est.

Surprendre mon public. Mes livres jusque-là n'ont été que des sanglots, me dit-il. N'être rien, ce qu'il faut. Ils ne pensent à rien, eux, ni à personne. Ils sous-entendent que je pense à des gens particuliers, moi, et sanglote.

Écrire un roman, peut-être à la troisième personne. Pour reléguer à la périphérie mon problème, jusqu'à présent central, d'inceste, me disent-ils. Merci, je note.

Que j'écrive mon journal ou que je me soulage devant mon psychanalyste, grand bien me fasse. Sinon, lui, il va bien, oui, toujours pareil. Faire comme lui. La phrase, qu'elle soit la plus belle possible.

Elle a commencé par la poitrine qu'elle a fait gonfler jusqu'au 105. Après elle a fait le nez, les pommettes, la bouche, un mini-lifting pour remonter les yeux, un tatouage des sourcils. Puis elle a tout recommencé plusieurs fois. Soutenue par son manager, Éric. Ils voulaient être première poitrine d'Europe.

Il est né en Loire inférieure, je crois.

Pour la bouche, on lui a enlevé l'arc de Cupidon, on lui a retroussé les muqueuses jusqu'au nez et on a rempli les lèvres de silicone. Elle n'a pas de sensations particulières, sauf qu'elle est obligée de se graisser les lèvres en permanence. Elle adore se faire opérer, être la plus belle possible, elle se sent extraordinairement bien dans les cliniques. Elle fantasme beaucoup sur les chirurgiens. Elle adore la sensation de l'anesthésie générale, s'enfoncer dans un trou noir.

Elle pourrait aller jusqu'au bout avec elle. Mais elles n'ont jamais une nuit entière.

Comme on peut l'imaginer, rouge et noir, feutré, etc. Il y avait une jeune fille qui dansait un slow sur la piste avec un homme très âgé. Et cet homme lui mettait la main aux fesses.

Le fils de sa femme de ménage, dealer et drogué, a été tué. Ça l'a secouée. Les autres fils sortent de prison dans une semaine. C'est la panique, elle voudrait récupérer ses clefs. Va faire renforcer ses volets, mettre une porte blindée. « C'est différent, vous, vous êtes deux. » En attendant, elle fait le ménage elle-même.

Sur la table basse quelques revues, des photos, des livres. Une photo de sa fille. Une longue table en verre à gauche de la fenêtre. Des pots qui contiennent des crayons, des trombones, des agrafes. La lumière vient d'une lampe de bureau, orientable, et se pose sur un livre à couverture noire, *Le Livre noir*.

Je le feuillette, le téléphone a sonné, pour répondre elle va dans sa chambre. Des témoignages sur l'occupation nazie en Russie :

Sarah, il est difficile de décrire sa beauté. Sa mère s'arrachait les cheveux et criait à fendre l'âme « tuez-nous ensemble ». Ils la tuent à coups de crosse, mais avec la petite ils ne sont pas pressés. Cinq ou six soldats la déshabillent.

On met deux mille cadavres sur des tas de bois. On les arrose de pétrole. Deux feux gigantesques brûlent jour et nuit.

Voyant cet amas de cadavres, Gaïevski devint fou. Ils se sont soudés les uns aux autres, il faut les décoller à l'aide de crochets.

Leurs tanks déboulent dans la ville. Du haut des tourelles les soldats crient « youpins, *kaputt* ». Ils capturent quelques dizaines de femmes. Ils leur ordonnent de se déshabiller. Ils leur annoncent que celles qui atteindront à la nage l'autre rive seront graciées. La rivière, bordée de digues, est très large. La plupart des femmes se noient avant d'avoir pu gagner la rive opposée. Celles qui ont nagé jusqu'à la rive, on les oblige à regagner de nouveau l'autre rive. Les Allemands regardent les femmes qui se noient et coulent à pic. Ils s'en amusent jusqu'à ce que toutes se noient, jusqu'à la dernière.

La terreur planait sur la ville. Elle flottait au-dessus des gens endormis. Elle se levait avec le soleil, et la nuit, errait dans les rues.

Les SS tuaient les enfants en les soulevant d'une main par les cheveux, et de l'autre leur tirant une balle de revolver dans l'oreille. Ça, une fois, il l'a vu faire. Un des petits garçons est tombé, le soldat l'a déculotté, et, d'un coup de talon, il lui a écrasé les testicules. En lui disant que maintenant il pouvait toujours essayer de se reproduire.

Afin de dissimuler les corps, ils les ont recouverts de terre. La terre bouge, respire.

Dans la nuit des survivants parviennent à s'extraire. L'air frais pénètre la terre et oxygène les corps des couches supérieures.

On éclatait la tête des jeunes enfants sur le pavé de la chaussée. On coupait les seins aux femmes. Un garçon de quinze ans a été témoin du massacre en même temps que moi. Au début il m'arrivait de me réveiller en hurlant. Puis les brumes matinales se dissipaient.

« Adieu ! Adieu, nous nous retrouverons bientôt ! » criait-on depuis la route. « Adieu ! » répondaient ceux qui s'apprêtaient à disparaître dans la fosse. Des hurlements terribles retentissaient dans l'air.

L'officier déclare qu'au lieu d'être fusillés, ceux qui se dissimuleront seront enterrés vivants.

Ils ont recouvert les corps de terre. Dans la nuit des survivants parviennent à s'extraire. Certains rampent sur le sol. Ils meurent à quelques dizaines de mètres, se vidant de leur sang. Les soldats et la police, au matin, achèvent ceux qui respirent encore, et de nouveau les enterrent. Le frère de l'ingénieur Noujni, qui avait survécu aussi, l'a vu et lui a dit « il ne faut pas raconter ».

La femme de Noujni pleurait beaucoup et s'inquiétait pour son fils qui ne pourrait reprendre la classe à l'automne.

Ils sont morts.

Des étagères blanches contiennent d'autres livres. *Le Sexe et l'Effroi* bien en vue, je feuillette aussi. Elle a raccroché, je n'ai pas envie qu'elle me voie lisant ça. La porte s'ouvre sur un tapis clair, sa chambre, elle sort. Sur la table de chevet, une rose dans un verre à pied. Mais : impossible de décrire chaque objet d'une maison, chaque maison dans la rue, chaque homme essoufflé. À côté duquel je passe.

Je voudrais dire pourquoi c'est si bon de caresser le cou de Léonore, ou de l'entendre jouer, et la peur qui me prend en même temps. La nuit. Dans mon lit, puis quand je me relève, je ne trouve pas le sommeil. En pleine nuit quand je bois un verre d'eau fraîche. J'ai la bouche sèche.

À partir du cent quinze de tour de poitrine, ça a été de plus en plus dur de trouver un chirurgien qui accepte de l'opérer. Il va lui refaire le nez. Un bombage du front à la silicone dure, une liposuccion du ventre. Elle voudrait le front d'Ursula Andress. La silicone, c'est assez compliqué de s'en procurer, il y a beaucoup de réglementations.

Cette année, il a eu cinq ou six témoignages, lui prouvant qu'il plaît.

Après, elle a des fourmillements partout dans le corps, les lèvres, c'est fou, dans les membres. Et comme elle se sent pleine de vie ! Que ça vit fort dedans ! C'est une grande jouissance. La grande jouissance, comment dire ? Ça part de son sexe, du fond de son ventre qui coule fort, fort, fort, elle c'est terrifiant.

Quand ils ont su que Claude allait avoir un enfant, ils se sont dit « il faudra bien qu'on le voie, cet enfant ».

Elle s'inonde, inonde l'autre. Comme

une vague, quelque chose qu'elle ne peut pas retenir, absolument pas. Elle a l'impression parfois que ça pourrait être sans fin.

S'ils ne peuvent pas le voir cet enfant, il faudra bien qu'ils fassent quelque chose. Les grands-parents peuvent exercer un droit de visite légal.

Pour les seins, tous les chirurgiens lui disaient qu'à partir de cent vingt centimètres, ça tomberait au bout d'un an. Cela fait deux ans qu'elle est à cent trente, ça ne tombe toujours pas. Si ça tombe, de toute façon, elle fera tout remonter. Jour et nuit, elle est obligée de porter un soutien-gorge. Elle ne peut pas dormir sur le ventre, évidemment. Quand elle fait une crise de nerfs, ce qui arrive assez souvent, elle étouffe, elle ne respire plus elle a l'impression. Elle ne peut pas prendre le Concorde à cause de la pressurisation. Brigitte Nielsen a eu une prothèse, qui a explosé en cours de vol, dans le Concorde, l'ex-femme de Stallone.

La fin, c'est souvent elle qui arrête. Parce que c'est trop. Si l'autre ne la laisse pas l'arrêter, c'est terrible alors. Ça envahit tout, ça monte, ça monte à la tête. Ça envahit tout le corps, ça explose dans la tête, ça fond en même temps, elle ne sait pas comment dire. Quand elle arrive jusqu'à la tête, elle lâche tout. Et elle pleure. Elle pleure parce qu'il n'y a plus de résistance. Elle pleure parce qu'elle trouve ça beau. Elle a l'impression d'avoir tout donné. Elle pleure parce qu'elle est transformée. Le plus intime s'est donné. Elle est épuisée.

Dans le deuxième endroit, elle a été reçue sur le pas de la porte par une femme méfiante. Elle lui a dit « je réponds à l'annonce. » L'ambiance était la même que dans le bar précédent.

Il a téléphoné à Élisabeth, la femme de mon père, profitant d'un week-end où j'étais absente.

Ne me dis pas en plein milieu qu'on arrête, ne me coupe pas, ne me dis pas « ça ne m'intéresse pas ». Ne me casse pas trop.

Un rajout. En Écosse, une Française, rencontrée à une soirée. Cette fille était assise à côté de lui sur un canapé. Elle a collé sa cuisse contre la sienne. Aussi rapidement il n'avait jamais eu d'invite aussi explicite. Elle était collée nettement. Il n'y avait aucun problème et aucun doute. Le reste de la soirée a été une longue dégringolade. Il l'a raccompagnée, elle lui a fait visiter l'appartement. Il ne s'est rien passé, même dans les pièces toutes noires.

Il la conduit en vélo chez l'orthophoniste, sur le porte-bagage. Elle lui a dit « j'avais jamais vu d'antivol encore ».

Il a révélé mon inceste à Élisabeth, qui l'ignorait, la femme de mon père. Se disant : maintenant à eux. Elle posera des questions. Il aura une fin de vie terrible. À eux de souffrir. « Dis donc Pierre, c'est vrai que... ? » tout le temps. Ils oublient la question qu'on vient de leur poser et ce qu'ils viennent de faire. Il est malade. La maladie d'Alzheimer. Leur cerveau se dégrade. Ils perdent leurs souvenirs. Leur jeunesse, leur enfance. Leur métier, leurs parents. Ils deviennent incapables de reconnaître leur enfant. Ils perdent le contrôle de leur corps en même temps. Dimanche dernier, placé seul devant une tranche de pain et un morceau de savon, il a mangé le savon. Élisabeth avait quitté la pièce une seconde, c'est seulement en revenant qu'elle s'en est rendu compte.

Je suis née le 7-2-59, à Châteauroux. Je vivais seule avec ma mère et ma grand-mère.

Elle lui a dit « je suis fatiguée, je vais me coucher. Tu viens te coucher avec moi ? » Oui. Ils se sont mis dans le même lit. « J'ai mes règles, mais si tu as envie. Je suppose que tu as envie. » Rien à voir avec le début, très gentil, mais très pour lui faire plaisir. Il a senti par le sexe qu'elle était mouillée, mais, effectivement, plutôt du sang qu'autre chose. Il a joui tout de suite. Trempés de sang et de sperme, sur le matelas défoncé de la fille, le lit tout petit, ils sont restés là-dedans, ils se sont endormis. Pour la fille ça s'était évanoui, et maintenant elle faisait l'aumône. Le lendemain en partant, il y a eu un bon moment, elle lui a roulé un patin génial, entier, offert, présent. Ils se sont quittés, heureusement, sur une note qui lui a réchauffé le cœur.

Il utilisait la parole dans le sens contraire du résultat qu'il espérait. Il évacuait. Avec Mandelbaum pareil. Ils ont vite sympathisé. « Tu veux aller au cinéma ? » Il pleuvait à verse pendant des jours et des jours. Tes parents l'aimaient bien... Ils riaient beaucoup, la discussion était bien. Elle avait la peau un peu trop tirée sur les pommettes, pas assez de poitrine et des petites lèvres. Ils aiment les filles minces, pas sèches. Et elle fumait. Ce qui ne les empêche pas d'avoir des érections. Il ne s'est rien passé, jamais, du tout, pas un truc. Un truc, si, qu'il me dira après. Elle avait un copain gambien. En plus, avec la mythologie sur les Africains. Elle est allée le voir à Pâques, il lui a payé la moitié du billet. Londres-

Gambie quarante livres, sur cent quarante par mois qu'il gagnait. C'était un effort financier. Puis elle a eu sur place un autre copain, un Rasta, un vrai, un Jamaïcain, copain à lui. Un soir qu'ils étaient tous les trois, la conversation vient sur les massages. Ils avaient dû lire un truc. Ils décident d'en faire. Elle s'est allongée sur le dos, à même le sol, les bras en croix. Les doigts dans des coupelles d'eau tiède. Son mec, comment il s'appelait déjà ? Renald. Renald a commencé des massages de tête, tempes, cheveux, nuque. Et lui les cuisses. Ça a duré une bonne heure, une bonne heure et demie. Il la massait de plus en plus haut. Il a fini par atteindre son sexe. À travers le slip ses doigts l'effleuraient. Bon, mais ça s'est arrêté là.

Écrire un roman, peut-être à la troisième personne. Elle. Pour reléguer à la périphérie mon problème jusqu'à présent central. Que j'écrive dans mon journal ou que je me soulage devant mon psychanalyste, grand bien me fasse.

Il est parti. C'était un dimanche soir, le lendemain il bossait. Il la laissait excitée, il savait que toute la nuit elle allait baiser. Et il se disait « c'est pas juste, c'est moi qui ai fait tout le boulot »... Si ç'avait été quelqu'un comme moi, qu'il aimait et dont il avait envie, au bout d'un an quand même. Deux ans après, il a revu Mandelbaum à Paris chez un copain, ils étaient quatre dans le même lit. L'appartement était si petit, le lit déplié ils ne pouvaient pas coucher par terre. Il lui a caressé les seins, distraitement. C'est-à-dire ? Tu sais ce que ça veut dire des caresses distraites, non ? Il est quelle heure ? Ah, non, hein, je suis lancé.

Au Canada il y avait une fête au collège. Ils étaient une quarantaine, ils dansaient. Comme tous les Nord-Américains ça buvait sec. Gin, vodka, whisky, mélangé à Coke ou Seven Up. Ils avaient même un petit bar ambulant qu'ils transportaient pour les fêtes.

Sinon, il va bien, lui, oui, toujours pareil.

Il danse avec une secrétaire, trente-cinq ans, pas mal roulée, genre secrétaire mais bon. Pin-up tout ça mais bandante. Qui était là avec son mari. En fin de soirée vers quatre heures du matin, ils n'étaient plus qu'une quinzaine. Ils dansaient un genre slow rapide, en se tenant la main mais sur un rythme vif et il y avait des lumières. Ce n'était pas tamisé. Ensuite il s'assoit, il boit, il s'emmerdait un peu mais ça allait, ils ont l'habitude. Elle vient le rechercher, et pour les autres danses continue avec lui. Non seulement elle enlace ses doigts, mais se colle tout ce qu'elle peut contre lui. « Alors qu'est-ce que tu penses des Manitobaines ? Tu les trouves à ton goût ? » Il répond qu'il ne sait pas. « Moi, de toute façon, je suis québecoise, on est beaucoup mieux. » Sous les yeux du mari et devant tous les collègues. Ils étaient les seuls à danser, en plus les doigts croisés.

Ils voulaient être première poitrine d'Europe. Il a calculé le volume, le diamètre. Il a dessiné des plans. Qu'il a apportés à un gars qui fait des moules de fuselage pour l'industrie aéronautique. Ils ont apporté les moules à un prothésiste, qui a fabriqué les enveloppes de silicone. À force de fouiner ils ont trouvé un chirurgien qui a accepté de se mouiller. A enlevé les anciennes prothèses, placé les nouvelles. Chacune a été remplie par deux litres de sérum physiologique. Après ils sont passés à trois litres.

Eux qui se faisaient une joie de la revoir, cette enfant. Elle dort longtemps.

Inutile de dire qu'il était superexcité, et mal à l'aise. Il avait envie mais ne savait pas trop où ça allait. Il est rentré chez lui. Mais quand même, dans un sacré état. En se disant, si tu avais dit ci, si tu avais fait ça, pas répondu comme ci. C'était une soirée chaude, très chaude, un genre de situation pas habituelle.

Va-t-elle se réveiller ? A-t-elle souvent des poussées de fièvre ? Dues à quoi ? notre venue ? Dues à notre venue ? Très bien, notre venue ! Très bien. Viens, Roland, cette fois... on ne peut plus supporter. Et ils partent, en claquant la porte.

Les énormes prothèses l'empêchent de dormir sur le ventre, et, sur le dos, freinent sa respiration.

Pourquoi ces mots de Léonore « vos disputes avec papa » ? Curieux accueil chez une enfant de quatre ans. À quatre ans recevoir ainsi « les autres » ! Volontairement ils emploient ce terme, puisque c'est le mot que leur fils applique à leurs personnes avec une nuance tellement péjorative.

Si vous ne comprenez pas cette histoire de grands-parents..., de droit de visite... Ne cherchez pas. Ils sont cons, retenez ça.

Soir après soir, il chauffe le public des discothèques où elle se produit. Au pied de la scène, ils sautent en essayant de lui toucher les seins. Quand ils tapent trop fort, elle a un mouvement de recul. Ces contacts maladroits lui font mal. Elle a souvent peur de voir un fou sortir de la foule avec un couteau pour lui crever les seins.

Il y a eu une autre situation pittoresque. Il sortait de chez Mandelbaum, en Écosse, un dimanche soir. Onze heures, onze heures et demie, ça caillait comme c'est pas permis. Il voit devant lui sur le trottoir une bonne femme étalée.

Il va la voir, il va la ramasser. Il va l'aider à se relever. Il y avait de la neige. Elle avait glissé et elle était complètement bourrée. Un peu en chair mais appétissante vraiment, un peu ronde mais vraiment sensuelle, vraiment chouette. Quarante-quarante-cinq ans. Vous avez un problème ? « Oh là là, j'ai honte, j'ai honte, ça ne m'arrive jamais. Aujourd'hui c'était l'anniversaire de la mort de mon mari. On a bu chez des amis. » Voulez-vous que je vous raccompagne, elle était à pied. Il l'a aidée, à monter les escaliers. Tellement elle avait bu, elle ne trouvait pas la serrure. Il lui a fait du café, lui a enlevé son manteau, l'a allongée sur son lit.

Elle aurait pu mourir de froid dans la neige.

Il lui a enlevé ses chaussures. « Vous pouvez me laisser, ça va aller. » Voulez-vous que je reste ? Vous êtes sûre ? Et donc il est parti.

La porte franchie : t'es con, t'es un vrai connard, t'aurais dû continuer à la déshabiller. Comme elle était sur son lit. Et la caresser au passage, enfin faire quelque chose. Comme elle était seule et soûle, elle l'aurait laissé.

Cette femme soûle et veuve l'excitait, soûle et veuve les deux. Ils pensent au mont de Vénus, qu'ils imaginent renflé. Comme elle était un peu ronde. Quand, une fois de plus, ils ont raté une occasion. Il s'est dit longtemps qu'il avait raté là une occase et une occase un peu marrante, enfin un peu différente.

Et puis, dans une autre veine... mais on arrête, on est fatigué. On prend un thé. Pour tout à l'heure, il me demande de noter : Sylvie, sa sœur, les grosses de Paris, pour y penser. Il comprendra.

Au milieu de la rue Saint-Guilhem Léonore s'arrête, et me dit : « je ne serai plus ta fille si tu continues ».

Avec Sylvie et son mari, ils faisaient un tour des Ardennes. Non. Tout lui paraît stupide. Il n'a rien à dire. Il a comme de la pudeur ce soir. Qu'il lui en reste à lui, il se dit. Les fantasmes, tu peux en parler ? Me dépouiller de ce qui est si bon ? Ça ne garde pas sa valeur un fantasme dit. La place publique, ce soir, ça le dérange. Non. Et ce n'est pas en lui répétant « allez Claude », ça ne sert à rien. Il n'a pas confiance. Il a peur. De qui ? Il ne peut plus continuer sur les petits trucs. Il faut les graves. Allez Claude, essaye. Quand ils ne vont pas bien, ils ne sont pas attirés forcément par de belles femmes... Il ne peut pas. Ça va rester dans l'oubli. Ça m'énerve.

Ça m'a tellement énervée, du coup je suis sortie, je suis allée au café. Un Suédois, une Hollandaise et une Allemande, parlent fort, comme souvent les étrangers. Je note. Il y a neuf millions d'habitants en Suède. Neuf, seulement neuf, c'est incroyable. En Hollande il y en a quinze millions. En Suède, l'électricité, le chauffage c'est le pays d'Europe le moins cher. Il y fait jusqu'à moins quinze en hiver. Dans certaines familles il faut dix radiateurs. La grand-mère de l'Allemande n'apprécie pas beaucoup, pas du tout, les plaisanteries françaises sur la guerre. « C'est normal, elle l'a vécue. » Les boches. *Achtung* bicyclette pompe à vélo.

Elle ne rêve pas de François, ça la gêne. Tu rêves de Claude, toi ? Non. Ça te paraît normal ?

Je suis rentrée et je me suis couchée. J'ai rêvé. Le Pen était chez moi, je n'arrivais pas à m'en dépêtrer. Il regardait la fenêtre. Que nous avons fait poser dans la cuisine l'année dernière. Il riait en disant qu'elle était mal posée. Que les Arabes ça fait un travail de crouilles ou nouilles, chtouille, c'était confus dans mon rêve. Je sentais Claude se raidir mais le calmais. Pour éviter un désastre dans la maison, qui n'aurait rien changé à la situation. Ça se calme, on sort.

Ailleurs, dans une sorte de motel. Les salles de bains donnent sur une allée. Je me lave le visage seule dans la mienne. Il y a des rideaux opaques. Mais je sens Le Pen qui rôde, avec son équipe, ses gens. Avec les rideaux opaques, ça ne craint rien je me dis. Je me déshabille et vais prendre ma douche dans la baignoire. Je tire le rideau en plastique. Mais Le Pen passe une petite baguette sous ma porte, il a déjà réussi à ouvrir en partie le rideau de la porte-fenêtre. Si je sors de la douche, il me voit. Pile à ce moment-là Claude sort, voit Le Pen avec sa baguette à quatre pattes sous ma porte. Il l'engueule, ça se termine comme ça. Quand je me suis vue dans la glace de la salle de bains, ma salle de bains, la vraie, je me suis dit : Le Pen, de toute façon, ne s'intéresserait pas à toi. Tu peux te rendormir. À Léonore peut-être. Il y a quelques années, peut-être à toi. S'il lit ça... Tant pis je ne raye pas. Les hommes politiques ne lisent pas. Dans le rêve, au moment de la cuisine, Le Pen a dit « de toute façon, je ne peux plus bander ». Ça m'a rassurée. Mais il y a eu un autre problème dans le rêve. J'avais envie d'aller aux W.-C., et comme la porte ne ferme pas bien, j'hésitais. J'avais peur qu'il ne l'ouvre. Je pensais aller chez Mme Bosc, la voisine, mais est-ce qu'elle aurait compris ? Est-ce qu'elle aurait accepté ? Est-ce que j'aurais pu lui expliquer dans le détail tout ça ? Même si elle est gentille. Même si elle nous a donné un citron la dernière fois. Et, une autre fois, un morceau de pain. Les W.-C., ça faisait beaucoup quand même. Même si elle est gentille. Si gentille qu'on hésite à déménager.

Elle l'informe sur le déroulement « vous descendez avec le client, vous contentez le client. »

Montanari, Montanari, Montanari, il trouve son nom magnifique. Il adore ce nom. Il en a parlé toute la séance à son psychanalyste, il en sort là.

La pornographie, ils cheminent. Il leur manque quelque chose sinon. Ça perd vite son pouvoir, vaut mieux y aller progressif. S'ils commencent par le plus hard, ils brûlent les cartouches trop vite. Ils commencent presque sage. Leurs premiers magazines, il y a un choc. C'est ce qu'ils attendent : ce qui fait battre leur cœur. La première fille dans *Club international*, son sexe, avant d'en voir en vrai, les lèvres, ça leur fait un choc. Ça devient ensuite une béquille à peu près utile, qui marche de moins en moins. *Lui*, *Play-Boy*, les types physiques ne lui plaisaient pas, ni les poses, ni les coiffures. Pour aucune il ne se serait retourné dans la rue. Il y a des photos sportives, dans des contextes de piscine, de nature et de champ. Ça non plus. Trop froid. J'ai mal à la main, j'aimerais qu'on enregistre. Non, ça ne lui plaît pas.

Le 26 janvier à *Bouillon de culture*, Bertrand Blier déclare « je suis sûr qu'il y a des putes qui ont la vocation, des putes heureuses. »

Elle travaille au guichet de la Banque de France. Il y a une mauvaise ambiance, essentiellement faut dire ce sont des femmes. À la Sécu, pareil, elle le sait, son beau-frère y travaille.

Longtemps, il est resté sans rien. *Penthouse* était le plus érotique. Dans des sex-shops, ils trouvent des livres de photos, quasiment pas de textes. Ils ont de nouveaux chocs. Quand ils découvrent en action l'homme, plus que la femme. Ça les trouble. Un sexe d'homme dans une bouche, un sexe d'homme dans un sexe. Les gros plans de seins sont moins importants. Sauf l'image de deux filles ensemble. Les troublent moins. S'ils écrivaient, ils parleraient uniquement de sexe. À son avis, lui, c'est sûr.

Elle est tombée sur une femme qui lui a demandé comment elle était, déjà, au téléphone : mensurations, cheveux, poids.

Pour gagner le salaire de leur PDG, il

faudrait aux ouvriers de chez Nike China, environ trois milliards d'années.

Ils se souviennent du choc violent qu'est voir. Ce qui leur est caché en principe. De leur cœur qui bat, leur cœur cognant. Leur main qui tremble éventuellement. Ce n'est pas du tout artistique. Ils se lassent de ces boutiques encore plus vite. Les revues françaises, il y a un peu plus de goût peut-être. Mais le sordide, comment s'empêcher de le voir ? Le décor, les apparts minables.

Il se sent un peu mieux mais quelle journée. Fayçal avait envie d'un jogging, en sortant de la cabine il était si beau, qu'il s'est mis à pleurer.

Troublé, c'est-à-dire ? Troubler c'est quelque chose qui vient les chercher et les renverse.

Il se souvient d'une Antillaise aux îles. Un hamac et un poster représentent les îles. Et puis des corps... pas en très bonne santé. Bon. Il leur faut comme la drogue des produits de plus en plus forts. Ils passent aux films, le mouvement. De nouveau ils ont un choc. Ils jouissent, en quelques secondes sans se toucher. Tellement ils sont troublés. Ils deviennent *sex addicts*. Ils essayent de décrocher dans des clubs de drogués, certains. Toujours les mêmes plans, les spectateurs considérés tous pareils, les choses filmées de la même façon. Là aussi ils sont vite blasés. À ses goûts et à ses attentes, ça ne pouvait pas correspondre longtemps. Sur une heure de film cinquante-cinq minutes de baise, la drague réduite à trente secondes.

Elle est née à Berlin, elle exerce à Montpellier. On dîne chez elle ce soir.

Elle a rappelé, on lui a dit « OK, montez à l'étage ». Elle avait noué ses cheveux en chignon, elle avait mis un pantalon, le contraire du style pute.

Écoute ça encore : « Je suis allé pisser aux waters et j'ai vu que c'était sale. J'ai compris qu'Oscar était un homme malade, car ses matières sont molles. Il avait éclaboussé tous les waters. Je ne voulais pas de saleté, j'ai pris une brosse et j'ai nettoyé la saleté. » Avoue que c'est génial. Il me le prête. Tu ne vas pas le garder trois mois, de toute façon ? Il paye et s'en va.

Ils ont deux types d'excitation. Une vague brutale qui les terrasse de désir brut. Trop forte, elle occulte l'autre vague, lente à venir. Qui apparaît parfois, au bout de deux-trois heures. Qu'ils aient joui ou pas, il se passe des choses après deux-trois heures. Des caresses ordinaires, là les bouleversent, un baiser dans le cou. Alors qu'au début ils n'ont qu'une hâte. Qu'on leur touche le sexe. Quand le temps a passé, ils découvrent et préfèrent même, les bisous dans le cou. Une fois calmés, la pornographie permet d'accéder à ce deuxième degré.

Les livres, les photos, les films. Ça ne s'arrête pas là. Ils sont en quête de chocs, toujours. De sensations fortes. Voir jusqu'où est leur but ultime. Apprendre et explorer. Ils se cherchent et ils cherchent les autres. Ils ne reviennent plus en arrière, franchie l'étape nouvelle. Il fuyait la réalité parce qu'il avait envie d'être fidèle. Dans la réalité quelque chose était mal enclenché. Il avait besoin d'émotions plus fortes, tout en me restant fidèle. Et d'une autre étape.

Son épée c'est pour tuer les animaux méchants, les loups méchants. Dans la forêt il y a des loups. Les loups de la forêt sont méchants. C'est pour faire la guerre aussi, ben oui, faut faire la guerre aussi.

Elle a rêvé qu'elle était toute nue dans la rue, on voulait la prendre. Mon amour.

Les messageries conviviales, comme ils les appellent, roses. Au début ils ne savent pas quel code, quel serveur, quelle fonction utiliser. Ils ne savent pas trop. Peu à peu ils savent, et ils se retrouvent sur un réseau donné. Ils donnent leur nom, leur pseudo, leur CV. Comment ils sont, ce qu'ils cherchent et ce qu'ils font là. Une fois inscrits, ils entrent dans le forum. Sur leur machine, en temps réel comme ils disent, avec plusieurs personnes. Dans la France entière, dans toutes les villes. Il y a des pseudos hard, des neutres, des prénoms. Ils appellent ceux qui leur plaisent. Ou bien ils sont appelés par eux, d'après la description. Leur but : entamer une conversation coquine, ça dépend, ou hard, s'inscrivant sur l'écran. Et c'est une drogue. Ils sont frustrés, complètement et en permanence. Seuls devant une machine. Les serveurs, en plus, coupent les conversations quand ça leur chante. Les machines débloquent. L'interlocuteur s'en va en pleine conversation. Ils se disent que « là, pour l'instant, ce n'est pas terrible », mais que bientôt... « ça va être mieux ». Le début de conversation leur paraît prometteur. Ils se disent que bientôt ça va devenir extraordinaire. Ce pseudo, ils ont l'impression que... Leur but : avoir un dialogue érotique pour jouir. Ils ne savent pas quelle phrase sera de toutes la plus excitante. Alors ils l'attendent, ils ne jouissent pas. Ils entrent dans une spirale. Le problème sur le minitel, neuf dixième sont des hommes. Cinquante mecs en même temps disent à une fille les mêmes conneries. Car ils disent des conneries. Vraiment.

Qu'est-ce que vous dites ? Il n'a pas envie de me le dire. Allez. Ils commencent par « tu es qui ? » Puis « tu es d'où ? » « Tu cherches quoi ? » « Tu es comment ? » « Décris-toi. » « Avec les autres, tu as des dialogues sympas ? » « Tu aimerais que je te fasse quoi, si tu étais là ? » Et ils se mettent à décrire des scènes à partir de là.

Tu disais la vérité sur toi ? Ils s'inventent des personnages.

Il mesure un mètre quatre-vingt-trois. Il est mince. Ses yeux sont marron clair.

Il est mort du sida, il avait un Perfecto, il a voulu qu'on l'incinère avec. Si on prend l'urne dans les mains, si on l'agite, ça fait un bruit métallique. Les boutons-pression n'ont pas fondu.

Il mesure un mètre quatre-vingts, les yeux bleus. Il a un beau sourire malgré un léger défaut, à la lèvre.

Ils disent qu'ils sont des filles, comme il

y a beaucoup de mecs, c'est plus facile. Surtout que leur problème est la parole active. Mais qu'un mec leur dise « je vais mettre ma queue dans ta chatte » : non. Ils se mettent alors sur des réseaux de lesbiennes. Au moins ils se font draguer par des filles. À part que, sur le minitel, à quatre-vingt quinze pour cent ce sont des hommes. Voilà. Voilà pendant cinq heures, ce qu'ils se retrouvent à faire. Au lieu d'écouter de la musique, de bosser leur thèse, ou de se promener dans la forêt. Aller voir un film, téléphoner à des amis. Ils ne peuvent pas arrêter. Ils voudraient. Quelle période c'était ? Toute la thèse. Ils ne peuvent pas arrêter. D'autres, ce sera le frigidaire. Comme une fois : ta mère, qui m'a vu sortir d'un sex-shop. Ils ont l'air con.

Écoutez ça : « Après, j'ai senti que la brosse était sale, c'est pourquoi je l'ai mise dans la cuvette et j'ai tiré la chasse. L'eau a coulé avec force et supprimé la saleté de la brosse. J'ai remarqué que la brosse était mauvaise, car les gens n'en prenaient pas soin. La brosse a laissé des crins dans la cuvette. J'ai laissé les crins, car j'ai senti que Louise verrait que c'était moi. Qui avais nettoyé, et m'aimerait encore plus. Je veux montrer à Louise ce livre, en lui montrant l'endroit où je parle d'elle. »

Qu'ils parlent avec un homme, ils s'en doutent. Ils n'en sont pas sûrs. Ils continuent. Dès la première seconde, quand ça ne parle que de cul, c'est un homme. À la fin, tout doucement, plus tard, ils font du masculin. Ils se trouvent minables. C'est la détresse, les hommes qui sont là. Aucun ne rigole. Avant d'être connectés, parfois ils passent des heures. Au bout de cinquante essais, soixante, ils voient le rideau du début de programme. Ça y est, c'est bien, ça commence. Ils sont contents.

La venue de Léonore a été un moment déterminant, car elle le prend pour quelqu'un de pur. Ils ont l'impression d'être sales, bien sûr. Stupides, méprisables. De perdre leur temps, ils perdent des heures.

C'est le pire, ça, Christine. Le temps c'était le pire. Trois heures du matin, ils se disent : j'arrête.

Cette femme lui a fait remplir une fiche. Elle a donné un faux nom. Être bilingue semblait d'une importance capitale. Ils avaient manifestement une clientèle américaine.

Je suis Verseau. Mon horoscope pour le mois qui vient : « Un brin de confusion, avez-vous le bon numéro ? Vénus s'amuse à brouiller les cartes. Ne jouez pas les confidentes si vous souhaitez le premier rôle. Vous le tiendriez à la perfection. Il y faut du panache, du mordant et de la rage, vous possédez tout cela. »

Elle l'a observée sous toutes les coutures. Lui a demandé de se tourner, l'a fait marcher dans la pièce. Elle a enlevé sa veste, elle a détaché ses cheveux. Elle l'a trouvée très bien (elle rit), beaucoup de charme.

Ils se tapent, ils se foutent des baffes, ils ne savent pas comment faire. Et puis le fric. Ils voudraient casser la machine. Mais on ne comprendrait pas chez eux. On prendrait un autre minitel, c'est tout. J'étais où ? Pour les livres à Paris. Ou Cours Saleya une ou deux heures. Ils développent des techniques qui limitent. Un truc qui peut paraître tout bête. Dès que la pulsion arrive, ils se masturbent pour jouir. Qu'on en finisse. Mais souvent ils préfèrent attendre. Ils reculent le moment, ils n'ont pas envie, font le minitel. S'ils ont la force d'essayer de jouir, s'ils y arrivent, ça va, ils basculent, ils arrêtent. Leur volonté, ils la retrouvent. C'était rare. Ils se disent « attends, si tu ne jouis pas ce sera mieux, attends un peu ». Ils ont des désirs contradictoires. À l'intérieur d'eux-mêmes ils se fractionnent. Combien de toi y a-t-il en toi, ils se demandent. Quand pour la soixantième fois, ils disent qu'ils font quatre-vingt-dix de tour de poitrine. Ils changent de personnage. Ils se sont lassés. « Aujourd'hui, je suis ça. » « Maintenant, ça. »

Aussitôt elle lui a proposé quelqu'un pour le soir même.

Elle mesure un mètre soixante-cinq, elle se tient droite. Elle a les cheveux longs, une frange courte.

Bébé, tu as tout cassé dans la maison, bébé, je suis en colère. Je suis fâchée. En plus, c'est du verre. Je vais le mettre dans ton lit bébé, pour que tu saignes.

Dis-moi ton pseudo. Non. Ils ont le sens du ridicule. Si je le mets sur la place publique. Les collègues après. C'est lié à une partie de leur vie, sale.

Le dimanche matin, sa fille vient dans son lit et frotte ses fesses contre les siennes. Elle ne sait pas comment faire. Elle rit la seconde d'après sanctionne. C'est bon ce petit corps. Elle repère mal les limites.

Elle veut nous tuer avec un fusil.

Tout ça s'accumule.

Les Hutus, les Tutsis.

Des danseurs aussi, professionnels du corps. Je leur ai demandé. Détacher le pied de la cheville, de la jambe. Monter sur la demi-pointe. Lâcher la cheville, on chute. Le talon va chuter au sol. Et dans l'espace du lâcher, faire un cercle avec la tête, cou lâché. Tête abandonnée.

L'excision, l'infibulation. Tout ça s'accumule.

Ils sont devant un clavier et un écran d'ordinateur. Pas de dessin, pas d'image, les messages mettent du temps à venir. Qu'est-ce qu'il y a de plus bête ? Et moi, qu'est-ce que je fais d'autre ? C'est différent, tu le sais très bien. Souvent ils craquent. « Tu es vraiment une fille ou... ? » Et parce qu'ils en ont marre, ils répondent « non, non je suis un mec », et ils arrêtent.

Il y a des codes, c'est la traque aux mecs. Pour prouver leur identité féminine, on leur demande de combien de deniers sont leurs collants. Les marques de leur fringues. Alors ils coupent. Il avait pris la peine de se renseigner, pour savoir ce qu'étaient des deniers. Mais pas le nombre, il ne fallait pas exagérer. Les vraies filles les débusquent facilement. Les vraies lesbiennes. Certaines finalement, ça leur va. Ils fixent des rendez-vous dans des villes qu'ils ne connaissent pas. Ils n'y vont pas. Il y a trois catégories dans les dialogues. Hard, soft et cool-sympa. En pensant hard et ne le voulant pas, il prenait soft. Leurs années se passent à faire des conneries, comme ça.

On leur dit qu'il ne faut pas pleurer et elles ne pleurent pas.

Un relâché de la tête en tournant, un cercle, un relâché de la tête, un cercle. Un double relâché puis une chute en avant. Le mouvement suivant qui arrive. Il faut le faire. Ils ne savent pas comment mais chaque fois ils le font. S'il ne va pas assez vite, l'autre lui tombe dessus. Avec en plus, une musique à la fois binaire et ternaire, qui désoriente.

La phase d'après, il se disait : je perds la boule ? En fait, c'était l'*acting out*. Il croyait s'enfoncer. Il se rapprochait de la surface en fait. Il croyait une aggravation.

En fait, non. C'était de plus en plus concret. Donc mieux.

Écoutez encore ça : « C'est une femme de Zurich, et elle s'appelle Louise Hamberg. Je lui montrerai ce livre, et l'endroit où je parle d'elle. J'aime Louise, et elle m'aime aussi. »

Puis, elles veulent prendre la fuite.

Il pleure en faisant l'amour. Il pense à Jo, son ami mort dans des conditions atroces, les camps de concentration. Sa femme ne veut pas « rester avec cet imbécile qui pleure en faisant l'amour ». C'est ce qu'elle a dit le jour du divorce.

Bertrand Blier à *Bouillon de culture*, le 26 janvier.

Dans les moments creux, le serveur leur donne une hôtesse, électronique ou réelle. Un message tout prêt, ou une hôtesse, qui leur répond. Pour que la conversation dure, dure, dure. Que ça fasse du fric. Ils les repèrent assez vite. Les serveurs honnêtes comme pseudo à leurs hôtesses donnent

« hôtesse ». C'est plus fade, mais l'addiction est là, ils continuent.

À ce moment-là, elle est réellement prise de court. Est-ce qu'elle doit le faire ou pas ? Entre l'argent facile, mille pour la fille, mille pour l'agence, et leur éducation, elles hésitent.

Chaque année, au mois de février, ils se retrouvent à Davos, petite ville suisse. Une vaste plaine s'étend, légèrement bosselée de collines et parsemée de forêt artificielle par morceaux verdoyants. Un homme traqué pourrait difficilement s'y cacher. Ils ont promis au monde un avenir radieux. Même si un doute plane, une inquiétude et le sentiment qu'une période d'euphorie s'achève.

Quand ils sont sur scène ils se demandent : Que perçoivent-ils de mon corps les gens ? L'identification, ça c'est normal. Est-ce que les gens se rendent compte de la chance qu'ils ont d'avoir un corps entier ? Peut-être qu'avec le Rwanda, ils commencent à comprendre. Sur l'homme et la femme aurais-tu quelque chose à dire ? Non, ce sont des interrogations encore... Les hommes utilisent les jambes plus que les bras, perforer, manger l'espace. Les femmes, le mouvement, les bras, le buste ? Mais je ne sais pas, ça recoupe des poncifs, masculin, féminin, pénétrer, habiter. Il faudrait voir.

Il a fait engager Fayçal au bureau pour l'été. Il s'est promené torse nu toute la journée. Intenable, il ne sait pas s'il va pouvoir le garder.

Ils se faisaient une joie de revoir Léonore. Ils ont malheureusement constaté la soumission de leur fils, particulièrement à la dernière page. Elle y est crûment révélée. L'idée même de dignité doit lui être inconnue.

Exercez donc vos talents ailleurs.

Tigresse, Rubens, Vanessa 18 A : J'imagine. Des pseudos, il a été incapable de m'en dire. Ils oublient.

Ils suivent une progression, le minitel, le téléphone. Cela ne les satisfait pas. Pas longtemps. Ils cherchent à renouveler le choc. C'est ça surtout. Ils téléphonent à un numéro. On leur dit bonjour. Une voix de femme très calculée, très suave.

A-t-elle encore de la fièvre ? Elle, claquer la porte, elle ? La porte lui a échappé. Il y a eu ce courant d'air, elle n'a pas pu la retenir. Elle s'est même demandé d'où venait l'appel d'air.

Il aime Louise et elle l'aime aussi.

Les prix, d'abord ils se renseignent, comment ça se passe. Ils disent qu'ils veulent une conversation. Il raccroche, sa femme rentre.

Elle a invoqué n'importe quel prétexte, elle a dit « non, ce soir, ce n'est pas possible. » Ça, c'était un jeudi.

Il ressaye plus tard. Gay, sadomaso ou simplement érotique ? On les oriente sur une hôtesse. Une fille leur parle, leur dit bonjour, leur demande leur prénom. Prend le numéro de leur carte bleue. Je continue ?

Le samedi, vers dix-huit heures trente. Elle a reçu un coup de fil de cette agence qui lui a proposé de rencontrer un homme à son domicile.

Un prénom scandinave ou anglo-saxon, toutes sur le même modèle. Grande, les trois chiffres de mensurations, presque toujours pareil, cheveux longs.

On lui a décrit cet homme : quel âge il avait, ce qu'il faisait, son type physique. C'était un habitué.

En string et soutien-gorge à balconnet, en rouge ou en noir. Elle leur demande comment ils sont. Où ils sont. Tant qu'à faire bien sûr ils disent la vérité.

Alors il a fait un autre truc. Il s'est mis sur des réseaux téléphoniques, avec des personnes réelles. Une sorte de minitel téléphonique, si tu veux. Ils cherchent au téléphone des conversations érotiques, mais cette fois gratuit. Les appels et les réponses. Ils se retrouvent sur un forum, ils laissent leur carte de visite.

J'ai mal à la main. Un mois tous les jours que je n'arrête pas. J'arrête deux secondes.

Plusieurs personnes en même temps sur le réseau. Des messages qui défilent. Des bips. Ils ont des pseudos, ils se décrivent, disent ce qu'ils veulent. Ils écoutent ensuite les autres cartes de visite.

La triche entre homme et femme n'est pas possible. Sur le sexe cette fois ils ne peuvent pas mentir. Les messages, trois-quatre secondes, sont de la vraie voix. Ils accèdent aux réseaux, gérés par ordinateur, avec un téléphone à touches. Chaque numéro correspond à une fonction différente. Sur la touche 1, les messages des gens. Sur la touche 2, une autre fonction, parler soi-même par exemple. Sur la 3, encore autre chose.

Il était invité samedi à une soirée, il a encore oublié. Il ne pense pas que Mathilde lui en voudra. Il a perdu six kilos en un mois. Il l'a rencontré à la gare. Il l'a regardé, l'autre l'a regardé. Il est parti, l'autre est parti. Il est revenu, l'autre est revenu. Ils se sont parlé. Tout de suite il a su. Il s'appelle Fayçal comme le roi d'Arabie mais l'orthographie sans la cédille. Ce qui le laisse rêveur. Peux-tu me rendre Nijinski ? Pour Mathilde.

Le prénom, l'âge. Ils savent à la voix le sexe de la personne, il n'y a pas de doute cette fois, et déjà le timbre. Qui indique le milieu, l'éducation, le genre de personne. Il s'est rendu compte qu'il était, comme dans la vraie vie, attiré par des gens cultivés.

Cultivés, intelligents. Ces qualités, même sur ce plan-là, l'attirent à la voix. Il lui faut sa dose comme une drogue, l'autre lui téléphone à huit heures un quart, il vient dîner ce soir. Il prépare le dîner. L'autre ne vient pas, il arrive à minuit. Il a rencontré des copains, il est désolé. Il reste une heure, il repart. Il lui écrit une lettre de rupture dans la nuit. À trois heures du matin il la lui porte chez lui. Des lettres, déjà cinq. Le lendemain matin, il téléphone pour contredire. Il lui faut sa dose. Six heures, il doit partir, c'est l'heure. À propos de dose, il va pisser avant de partir. Ils ont passé un week-end sur la Côte d'Azur. Il travaille là-dessus depuis quinze jours en analyse. Quand Franck posait des lapins. Ne venait pas ou refusait. Il avait peur de mourir. Le suicide. Kéléminis, non, il trouve ça formel comme chorégraphie, très beau, très bien fait. Le 10 décembre, il a commencé une psychanalyse. Il n'a plus envie de mourir, c'est le seul progrès. Ça a commencé quand il est devenu directeur, cette folie. L'autre ne l'aime pas pour ses beaux yeux bleus, mais pour son portefeuille bien garni. Il est lucide. Samedi, il avait fait des courses pour Fayçal tout l'après-midi, T-shirts, pantalon, caleçons. Mais le soir, à neuf heures « faut que je parte », il lui dit. Il le traite, il le prend, comme une femme arabe. Boit l'argent qu'il lui donne, la bière. Il est allé voir Possoz pour le faire désintoxiquer. Deux mille francs de bière par mois, il faut bien qu'il les prenne quelque part. Il lui a proposé de vivre avec lui.

S'il a une qualité, pas paresseux, il travaille. Aujourd'hui, il refait des façades, avec une cédille, au noir, comme il dit « je suis façadier ». Il a visité un quatre-pièces. Fayçal aime les femmes, avec lui l'intérêt serait le fric. Il a voulu retourner la situation, ne serait-ce que physique. Il s'est dit « tant pis » au bout d'un moment, il s'est dit « pas de viol ». Quand il a vu les contractions de la nuque.

Est-ce qu'on peut arrêter un moment ? J'ai mal à la main, vraiment. Il est sur sa lancée. Il y va. Ils peuvent laisser eux-mêmes un message, ou contacter ceux qui en ont laissé. L'envoyer en direct, si la personne est là, sur le réseau, en train de parler avec d'autres, elle appuiera sur un bip pour écouter.

Ils se posent la question. Comment faire pour séduire quelqu'un en direct, qui n'est pas payé ? Ils n'ont pas d'écran protecteur, c'est leur voix. Ils ont peur. On peut les reconnaître. Certaines voix c'est facile. Ils pourraient tomber sur une copine, une collègue. Cela pourrait être grave. Peuvent-ils séduire ? Y arrivent-ils ? En direct, une personne réelle. Avec leur voix véritable. De vraies paroles, qu'ils ont trouvées. Moi en ce moment, presque pareil.

C'est une conversation en léger différé, par enregistrements, qui s'installe.

Il n'a jamais pris de pseudo. Il avait peur, en avait besoin, la peur, constante, il lui fallait. Il a toujours été en situation de qui-vive. Qui-vive par rapport à moi, ou qui-vive social. Petit ou grand, il lui fallait un danger. Toujours. Ce qu'il racontera après aussi. Quand ? Aujourd'hui ? Oui, tout à l'heure. Je ne voudrais pas me coucher trop tard. Et j'ai mal.

Moi, je veux faire comme tu fais. Maman. Toute ma vie, même quand je serai morte.

La mère préférait le frère, le père battait Fayçal à coups de ceinturon. Il a des cicatrices, une très belle au milieu du front. À seize ans il a commencé la prostitution. Qu'est-ce que tu veux faire ? Ils avaient rendez-vous à Sanary, sur la route, pas chez ses parents. Il se rappelle une crise pour un Arabe à la maison. Fayçal était pressé de téléphoner après le déjeuner. Comme on fait entre copains, téléphoner aux filles sans se gêner devant eux. Zohra semblait l'engueuler. Ils sont allés au Baobab, une boîte minable. Fayçal draguait une fille. Il prend des Lexomil, et quand ça devient trop fou, le manque, des granules dont je n'ai pas retenu le nom. Qu'est-ce que tu veux faire de toute façon ?

Ceux qui ont lu les autres livres (particulièrement le dernier, particulièrement la dernière page) ne seront pas étonnés : je n'avais plus de nouvelles de mon père depuis dix ans. Claude a téléphoné à Élisabeth, sa femme, pour mettre les choses au clair. La dernière page, tout de même, qu'elle la connaisse. Il est malade.

La maladie d'Alzheimer, évolutive, à ses débuts à peu près invisible, aboutit à la destruction irréversible et absolue du malade, le cerveau se dissout. Il oublie ce qu'il vient de faire ou la question qu'on vient de lui poser. Tous ses souvenirs. Au fur et à mesure, son cerveau se dégrade. Il perd la mémoire. Ne quitte plus son lit que pour s'asseoir et finit un jour par ne plus se lever du tout. Dimanche, placé seul devant une tranche de pain et un morceau de savon, il a mangé le savon. Élisabeth, qui s'était absentée trente secondes, s'en est rendu compte en revenant.

Dans la littérature française contemporaine, il y a Beckett, Duras et lui. « Et toi ? » me dit-il. « Comment tu vas ? » L'Alzheimer, mon père qui perd la tête. « Si ça n'avait pas été lui, c'était toi. Rita Hayworth, regarde. Elle est morte d'un Alzheimer, et elle couchait avec son père. » (*sic*). La phrase est mal rythmée, j'ai préféré la donner *sic*, désolée. Ne pas penser qu'à la phrase.

Ils laissent tomber les autres messages si ça accroche avec quelqu'un. Et alternent alors, avec la même personne, rapidement, des messages d'une minute trente. Donc beaucoup plus longs. Le métier, qu'est-ce que tu fais comme boulot ? Le mari, la solitude. Qu'est-ce qu'il disait ? Qu'il n'allait pas bien dans sa vie. Lui aussi, oui. Tous, ils n'allaient pas bien ? Oui. En tout il a eu dix conversations. Il y avait quelques pseudos hard de temps en temps mais c'était rare. Ils y vont pour du sexuel mais trouvent autre chose. Comme au café du coin, la voisine de bar.

Une fille a commencé à le draguer, mais ce n'était pas le terme. Il le faisait pour aller plus loin, pour une émotion sexuelle plus forte. Il l'a fait une dizaine de fois, sans trouver, jamais.

Elle était psychothérapeute, c'est ce qu'elle lui a dit. Elle avait une très belle voix, du charme, intelligente, puis sensuelle, chaude. Trente-cinq-quarante ans, elle sortait d'une histoire difficile. Elle avait envie d'en parler. Elle lui a fait des compliments sur sa voix, qui était séduisante et tout ça.

Des petites choses lui disaient : elle a des

limites. Lui paraissaient un peu justes. Elle lui a dit qu'elle avait confiance, et lui a donné son numéro de téléphone. Ç'a été un choc.

Le cœur qui bat très fort, pas de peur, d'émotion. Ça signifie qu'ils sont arrivés à contrôler suffisamment leurs paroles. Pour intéresser quelqu'un de bien (à la voix). La preuve. Le numéro de téléphone.

Elle peut convenir à cet homme qui n'aime pas les femmes trop mûres, avec porte-jarretelles et compagnie. La femme de l'agence lui a dit qu'il traitait les femmes comme des objets.

J'étais ému, Christine. Exactement de la même façon qu'en appelant Élisabeth. Le corps qui en a besoin. C'est écœurant. Écœurant ? Ce n'est pas vraiment le mot. Quand il a eu fini avec Élisabeth au téléphone, il s'est masturbé. Écœurant, ce n'est pas vraiment le mot. Ils voudraient que ça n'arrive pas. Réprouvent, trouvent cela pas bien. Mais comprennent la personne en question, eux-mêmes, se disent « mon pauvre ».

Le corps qui en a besoin. La jouissance qui vient en une minute, une minute trente. Les trucs physiologiques de l'excitation sexuelle ont eu lieu là aussi.

Le cœur dans la gorge. Il n'arrivait pas à contrôler son souffle. Plein de choses leur donnent envie de se masturber, des belles filles, des magazines. Mais aussi des choses négatives. En fait, tous les chocs émotionnels forts.

Et toi ? me dit-il.

Tu peux le garder encore un peu. Il me laisse le Nijinski. Écoute ça : « Les hommes ont beaucoup de mal à cacher leur inquiétude. Ils recourent à toutes sortes d'astuces pour avoir le teint rose, croyant que cela signifie le calme. »

« Ça vous intéresse ? » Elle a dit oui.

Ils ont parlé, c'était comme une conversation normale, avec une inconnue.

Et toi, me dit-il, comment tu vas ?

Elle sortait d'une relation avec un ingénieur marié. Il ne sait plus maintenant. Septembre ou octobre. Elle lui a dit « et vous alors ? Marié ou pas, enfant ou pas ? » J'ai dit que oui. Il a été le plus honnête possible, il a joué le jeu.

Elle : Ça se passe mal ?

Lui : Non, je l'aime, je n'ai pas envie de la quitter, de la tromper. Mais il y a quelque chose dans ma vie sexuelle, une frustration.

Elle : Je l'entends dans votre voix. Vous avez besoin d'une femme qui vous donne tout, et veuille vous emmener jusqu'au bout. Qui sache.

Une phrase que j'ai dite lui a fait du bien. Mieux vaut aller au bout du déséquilibre. Il va prendre un grand appartement, Fayçal viendra y vivre avec lui. Ils verront à partir de là.

La conversation devenait beaucoup plus chaude. Elle lui a demandé de se décrire. Comment il était. Puis, vous voulez savoir comment je suis ? Elle s'est décrite. J'ai les cheveux comme ci, les yeux comme ça. Tu veux savoir ? Oui. Les yeux verts, les cheveux, comme l'actrice tu sais. Mireille Darc, au carré c'est ça ? Oui. Acajou, des reflets roux. Avec quelques kilos en trop. Elle a une fille, de vingt ans. Puis des choses plus intimes, qu'elle était très féminine, les ongles toujours faits. C'était une situation bizarre, curieuse. Les ongles des mains, des pieds. Et toujours du parfum. Capiteux. Il n'aime pas. Ce n'était pas grave. Les kilos en trop, le parfum, au téléphone, n'existent pas. La seule chose c'est la voix. Et elle était bien. Elle faisait très attention à sa personne, disait-elle. Vous voulez savoir comment est mon corps ? Elle lui a décrit son corps. Grande, quelques kilos en trop, une très belle poitrine, très ferme. Des choses plus qu'intimes. Puis, son sexe. C'est là qu'il s'est dit « y a un truc qui cloche ». Cette psychothérapeute qui parle comme ça, si vite. Ça ne doit pas tourner très rond. Son sexe était très soigné. Elle s'épilait très soigneusement. Elle lui montrait qu'elle était « hyperféminine ». Soignée. « Je me sens bien avec vous, il y a en vous beaucoup de choses retenues. Rappelez-moi. »

Il l'a rappelée un soir, quelque temps après. Elle était là. Elle lui a dit qu'elle avait pensé à lui fort, très très fort. Elle avait même fantasmé sur lui, « je peux vous le dire », et « c'était très très bon ». Il trouvait ça élégamment dit. Elle allait se coucher, elle était en chemise de nuit. Avec lui ça devait être bon. Elle était très chaude de tempérament. Faut croire. Très orale. La parole ou la bouche ? La bouche. Elle aime qu'on s'occupe d'elle mais aussi s'occuper d'un homme. Le faire jouir souvent et longtemps. Elle a le sexe liquide, mouillé. Aime qu'on la prenne dans l'anus. (J'avoue que là, ça m'a É-CŒU-RÉE. L'anus de cette vieille, et lui au téléphone. Je n'ai rien dit. Après, quand il a lu, en plus en majuscules, il m'a demandé si c'était vrai. J'ai dit oui. J'ai expliqué pourquoi.) Il ne l'avait jamais fait. Elle pourrait lui montrer. « J'aimerais beaucoup vous apprendre. » Elle mettrait de la crème sur son sexe pour l'aider à la pénétrer. Ça lui plaisait. Ouais, c'était excitant.

La femme de l'agence lui a dit « voilà vous avez rendez-vous chez lui ». C'était dans le XVIe arrondissement.

Elle était très excitée. « J'aimerais vous avoir dans mes deux endroits à la fois. » Il ne comprenait pas. Elle lui a dit « je vous montrerai ». En changeant très vite de position, la femme a l'impression d'être prise dans les deux endroits en même temps. C'est extraordinaire pour la femme, « vous, vous verrez ». Elle était en train de se caresser. Lui aussi. Elle avait envie de lui, là, maintenant. « Ah si vous étiez là », elle lui ferait ci, elle lui ferait ça, voilà ce qu'elle lui ferait. En fait, en résumé, elle lui a décrit comment elle le sucerait s'il était là. Je continue ? Tu veux que je te raconte ?

Elle le dégagerait bien. Elle lui ferait des bisous. Elle avalerait en entier. Elle jouerait avec la langue. Elle donnait des détails, quoi. Il ne pouvait plus se retenir, il lui a dit d'arrêter. Et elle « laissez-vous aller, moi aussi. » Il l'a fait. Elle voulait le voir. Lui, il ne cherchait pas de rencontre, non. Il y avait dans sa voix un appel très fort, disait-elle. Dans les mots qu'il utilisait. Il s'est laissé convaincre. « Bon, OK, on y va. » Dans le jeu avec sa vie, c'était un petit cran de plus.

Il a trouvé dans un livre, *L'art, la femme et l'automobile*, une femme qui me ressemble, page quatre-vingt-neuf. *La Dame à la Citroën place Vendôme*, 1924, Suisse, collection privée. Même forme de visage, mêmes yeux, bouche, nez. Avec un grand chapeau noir, des gants blancs, un collier de perles, une robe blanche, une fleur rouge, le col noir de son manteau. Architecte, il voudrait savoir si c'est comme l'architecture quand on écrit, on a une idée de départ. Ou si on commence sur une phrase sans savoir. Sur une phrase sans savoir.

Ils se sont fixé rendez-vous au Riche. Il est allé au rendez-vous. Il est arrivé bien avant l'heure pour se mettre dans un coin, loin, avec des journaux, des papiers, occupé.

Elle a eu beaucoup de mal à trouver un taxi. La personne de l'agence lui avait dit « surtout, n'arrivez pas en retard ».

Il l'a vue arriver. Il s'est dit « t'es fêlé ».

Elle aurait parfaitement pu tomber sur un homme qui ne lui plaisait pas physiquement.

C'était une horreur. Non. Une horreur non. Mais une femme de quarante ans ordinaire, mal fringuée, pas raffinée pour un sou. Il ne l'a pas vue de près. Elle était repoussante, dégoûtante. Il a eu cette sensation. Tout en noir, en pantalon. Sa voix, d'où elle la sortait ?

Ça les dégoûte, ils étaient prêts à se faire sucer par une fille comme ça, n'importe qui, rencontrée au téléphone. « Qu'est-ce que tu fous ? » « Où es-tu là ? » « Où vas-tu ? » Stop.

Dans le taxi : Comment doit-on faire ? Lui sauter dessus ? Se déshabiller ? Lui faire un strip-tease ?

Ma douleur à la main s'étend, à l'avant-bras, à l'épaule, au dos. Ça empire. Je n'y arrive plus. J'aimerais qu'on enregistre. Le son est trop mauvais, et ils ont besoin de me voir, penchée sur la feuille. Que ce qu'ils disent est intéressant, que je note. J'ai pris rendez-vous avec une kiné, Catherine. Pour mon poignet.

Il aime les gens qui écrivent beaucoup. Mais il a remarqué qu'à force d'écrire ses yeux s'injectaient de sang. Écoutez : « J'aime les gens qui écrivent beaucoup, car je sais que ce sont des martyrs. On dira qu'ils le font pour de l'argent, car on ne peut pas vivre sans argent. Je dirai avec les larmes aux yeux que ces gens sont pareils au Christ en croix. »

Quand il entend des choses pareilles, il pleure, car il dansait pour de l'argent. Il a failli en mourir, il était surmené.

« J'étais pareil à un cheval qu'on force avec un fouet à traîner une lourde charge. J'ai vu des charretiers fouetter leurs chevaux à mort, ils ne comprenaient pas que le cheval n'avait plus de forces. Le charretier menait son cheval dans une pente et le fouettait. Le cheval est tombé et ses intestins lui sont sortis du derrière. J'ai vu ce cheval et j'ai sangloté dans mon âme. Je voulais sangloter tout haut, mais les gens m'auraient pris pour un pleurnicheur. C'est pourquoi je pleurais au-dedans de moi. Le cheval était couché sur le côté et criait de douleur. Son cri était faible, il pleurait. »

Il ne s'appartenait plus, il perdait les pédales, il perdait contrôle...

« Ce cheval, le vétérinaire l'a tué d'un coup de revolver car il a eu pitié de lui. Je connais l'histoire d'un chien. J'ai fait la connaissance d'un sportif français, M. Raymond. Je lui ai dit que son chien était très beau, mais lui, avec des pleurs dans la voix, m'a dit qu'il allait l'abattre, car il sentait que ça valait mieux. »

Catherine m'a fait allonger sur le sol, les épaules détendues. Je ne devais plus contrôler, laisser aller au contraire mes bras, mes poignets, de tout leur poids dans les mains de Catherine. J'étais souple, de doigts, de poignets et d'épaules, mais on irait plus loin encore, et à force alors ça casserait. La rigidité reprendrait, il le fallait. Retrouver la rigidité nécessaire. Et en rentrant surtout, ne pas écrire, s'il te plaît. Prends un bain chaud. Vingt minutes, un quart d'heure. J'y suis restée cinq minutes. Et sans même y penser, le soir même j'ai recommencé. *Les autres.* J'ai continué. Ils ne s'appartiennent plus, ils perdent les pédales, ils perdent contrôle.

Ils me demandent si je suis comme eux. Je réponds que je ne sais pas. Non, je ne crois pas. Qu'est-ce que tu en penses, toi ?

Page soixante. Je les ai faites en deux jours, à raison de dix heures par jour. J'ai fait lire à Claude, le cœur battant. Je regardais par la fenêtre en attendant. Midi, des gens passaient dans la rue. Il y avait un petit affairement. Il trouve ça bien mais triste.

Il a été exhibitionniste. Il a fait de l'exhibition. Là, on quitte le domaine des manies privées. On entre dans celui des autres pour le coup. Des fous dangereux et en danger.

Ce qu'ils ont de plus précieux, ils savent que j'utilise, ils me le donnent. L'idée de dignité leur semble incongrue.

C'était un appartement superbe, immense, très bien décoré, la grande classe. Il l'a fait asseoir, il lui a offert une bouteille de champagne.

Ça a commencé à Nice. Ça a eu lieu à Nice. Pas uniquement. Le hasard ou la pensée, qu'est-ce qui leur vient en premier ? Un jour, en été, il faisait de la gym dans la cuisine.

Ils ont parlé de son chat, des animaux, de la pluie et du beau temps.

Cherchent-ils déjà quelque chose ou pas ? Fenêtre ouverte, nu. De l'autre côté de la rue, il y avait des immeubles, mais assez loin, cent mètres. Des bureaux. Il s'est aperçu qu'il y avait deux trois filles qui lui faisaient des signes.

Ils font appel aux êtres de lumière, ils ont un maître, ils s'assoient entre ciel et terre, ils voient leur enfant intérieur, leur animal ou la lumière violette. Il y avait un stage de reiki à la campagne. Elle s'est inscrite.

Le stage a eu lieu dans une ancienne bergerie, un peu en altitude, dans un endroit verdoyant et calme. Sans voiture, beaucoup de végétation. Sur une petite route dans l'arrière-pays.

Là, ils visualisent. Son enfant intérieur à elle, un enfant nu. Pas de sexe, on ne le voit pas. Menu, fragile, tout blanc, mignon, un ange sur terre, démuni. Ça lui a fait un drôle d'effet. Beau, mignon, pas costaud..., blanc, fragile, pas les cheveux longs, la tête rasée. Un Juif j'ai pensé tout de suite. Elle s'appelait Schwartz pendant la guerre, Rachel. Elle est née le 8-11-31, à Châteauroux. Les Américains y ont installé une base militaire. Mon père y travaillait, Pierre. Je suis née. Cœur de pierre, il l'a abandonnée.

Quand je suis sortie du bain chaud, il était rentré. J'étais bien, décontractée.

Il s'est planqué aussitôt. Mais en même temps, ils sont excités. En même temps, ils ont honte. En ayant l'air de ne rien chercher, que ce soit un pur hasard, il est revenu dans le champ de vision. Un pur hasard. Qu'il ne les ait pas vues, qu'il n'ait pas fait attention à elles.

Ça leur fait un déclic : une nouvelle possibilité d'excitation sexuelle, forte. Avec une forme de danger précise. La gym à poil devant la fenêtre ouverte donc, il le refait plusieurs fois.

Elle n'avait pas l'attitude d'une prostituée, il lui a demandé « qu'est-ce que vous faites là ? »

Dans sa vision elle a ramassé une jolie pierre, un petit caillou rond. La couleur lui a plu, lumineuse. Les pierres étaient différentes suivant les personnes. Il fallait trouver un nom à la sienne. Elle s'est dit

« je ne peux pas lui donner de nom ». Cette pierre c'est « Pierre ». Elle n'a pas d'autre nom. Elle s'est ouverte. De grandes flammes en sont sorties, longues, extraordinaires, elles jetaient un feu d'artifice, immense. La pierre lui a dit « pardonne-moi » puis s'est refermée. Pierre n'était plus rien du tout, était devenue anodine, un caillou sans consistance. « Pardonne-moi. » « Pourquoi ? » a demandé le maître. Ces flammes ont brûlé ce qu'elle avait de plus cher.

Il a pris son habit d'inspecteur (en chasse) et il est sorti avec l'intention de le trouver. Ne rentrer que quand il l'aurait trouvé. Il a fait tous les endroits, trente, où Fayçal était allé au moins une fois, et les rues. Il ne trouvait rien.

Il aperçoit une fête dans la rue. Troisième personne qu'il voit, lui, assis par terre, complètement bourré à la bière, déjà, avec des copains. Il s'accroupit près de lui.

La gym à poil devant la fenêtre ouverte donc, il le refait plusieurs fois. Tout en se tenant des discours dans sa tête, car il a lu : Pour une femme il n'y a rien d'attirant là-dedans. Elles vivent ça comme une agression au contraire.

« Tu m'excuses » l'autre lui dit, et part de l'autre côté de la fête. Mais il ira jusqu'au bout, il se relève, il le suit. Il prendra un grand appartement, et proposera à Fayçal d'y habiter. Ne serait-ce qu'en bière, par mois, il lui faut déjà deux mille balles. Ne serait-ce que par intérêt, il acceptera peut-être.

Tout en se disant : C'est une agression, le premier stade du viol, tout en se posant la question : En montrant mon sexe est-ce que je suis attirant ?

Ce qui l'intéressait c'était la femme. Séduire des femmes, un défi tout le temps. Difficile. Il dit qu'il a été malade.

Elle sait très bien avec qui elle a envie de se retrouver dans le lit...

Je lui demande ce qu'elle en pense. Si elle me croit comme elle, comme tout le monde. Je ne sais pas, qu'est-ce que tu en penses toi ?

Elle lui a avoué qu'en fait c'était la première fois. Il s'en était rendu compte de toute façon, c'était un habitué.

À un moment, il s'est absenté en s'excusant, pour écouter les messages sur son répondeur. Était-ce un prétexte ? Il est revenu en peignoir toujours est-il.

Un jour en fin d'après-midi, il a vu une fille qui le regardait, dans les bureaux en face. De façon ostentatoire.

Elle est réellement tombée sous le charme, un mélange de velours rouge carmin avec un col-châle en soie de même couleur et une ceinture avec des pompons.

Pas comme les autres en passant, genre copines de bureau qui se marrent. Cela c'était humiliant. Les regards étaient, à cent mètres, suffisamment chargés pour se sentir humilié.

Souvent, quand il faisait de la gym et qu'il n'y avait personne, il était désespéré. Il continuait, continuait et se disait peut-être quelqu'un va venir et faire attention.

L'ambiance se prêtait à l'amour, très fleur bleue.

Il avait la tête tournée ailleurs, mais les yeux vers des femmes éventuelles. Il guettait, oui c'était ça. Du guet. Venait un moment où il se disait, il ne viendra plus personne. Ils sont tous partis. Il pouvait y avoir des hommes aussi, c'était la honte, il se planquait, n'avait alors surtout pas envie d'être vu.

Un jour, une fille, appuyée à la vitre, se faisant une visière avec les deux mains, le regardait ostensiblement. Quand on est dans son état normal et que ce qu'on attend arrive, on fait un signe ou quelque chose. Mais non, il était terrorisé.

Il a fait semblant de ne rien voir. Il partait mais revenait pour qu'elle ne perde pas l'intérêt. Qu'elle ne parte pas, puisque ça semblait l'intéresser.

Il a décidé de pousser plus loin. Il a mis sa main sur son sexe, a commencé à se toucher en quelque sorte, comme au hasard, comme s'il ne faisait pas attention. Elle était toujours là. Elle a même baissé un genre de store, pour faire de l'ombre, comme pour mieux voir.

Elle s'est demandé ce qu'elle allait faire : la discussion va se terminer, ce monsieur attend certaines choses de moi... Tout en buvant du champagne.

J'étais sortie du bain chaud. Claude est rentré. J'étais contente de le voir. Valérie a téléphoné, perdue, désespérée. Elle voudrait rompre, mais elle fond quand elle entend la voix au téléphone.

Elle était toujours là. Il s'est assis, il voulait pousser plus loin. Mais pas vers elle, cette personne. Il a pris une feuille de papier, comme si c'était un magazine, dans la main. Donc, il avait un alibi pour se masturber. Ça a duré comme ça deux heures.

Elle n'a pas bougé de sa place. Il ne sait pas ce qu'elle a fait. Si elle s'est caressée ou quoi. Il la regardait du coin de l'œil seulement. Il n'a rien fait. Il se masturbait pour qu'elle voie bien son sexe, comme il bande et tout ça. Il ne lui tournait pas le dos.

Ils sont dans des états fous furieux, possédés. Les joues en feu, le sexe en feu, dans ces moments-là, ils ne sont que du sexe, du sexe, que du sexe. Mais qui tourne en rond. Au bout de deux heures, elle lui a fait un geste en montrant sa montre. Puis au revoir. Puis un baiser du bout des doigts.

Là, il s'est fait jouir avec une force. Tout le corps tremble, ils sont agités de tremblements partout. Il a failli tomber par terre, tellement son corps tombait en morceaux.

Après il a essayé de la retrouver, bien sûr. Sans jamais y arriver. Ça ne s'est plus jamais reproduit. Ils ne s'appartiennent plus du tout, du tout, ils n'ont plus le moindre contrôle.

Demain il visite un grand appartement, il ira jusqu'à six mille francs. Là il part. C'est l'heure de la dose, il doit se mettre en chasse.

Il faut coucher Léonore, il y a l'école demain. Ce qu'il me faudrait, une belle fin positive maintenant. Ou suivre un seul personnage, Valérie, Jean-Marc, la call-girl, Claude, Frédéric, ça m'est égal, mon père, non, vieille histoire, ou la difficulté d'écrire, non ils s'en foutent, Thierry, Anna, Malika, Fatma, Fayçal. Ou Rita. Trisha Brown lui propose d'entrer dans sa compagnie, elle était enceinte, tant pis, elle garde l'enfant. Non, pas intéressant.

Il souhaitait qu'elle le masse. Elle a cherché une idée plus sympathique, prendre un bain. Par rapport à l'appartement, la salle de bains était relativement petite.

Il faisait des bonds presque irréels, impossibles. Les autres s'ébahissaient de la suspension dans les airs de ce danseur hors mesure humaine. À Munsingen, hilare, il fait des sauts dans la neige. Ils l'ont transféré là pour qu'il reçoive un traitement miracle, par chocs insuliniques.

Écoutez ça : « Je les aime, mais comme tout le monde, ils ont des défauts. Je vais décrire leurs défauts pour qu'ils les lisent. J'espère leur amélioration. »

Il lui a dit « maintenant, tu peux te déshabiller ». Ça ne lui a pas plu. Elle aurait pu prendre seule l'initiative. Elle a commencé à faire des caprices comme si elle était avec un ami. À partir de là, c'est plutôt elle qui a mené la danse. Très fleur bleue. L'ambiance se prêtait à l'amour.

Elle est entrée dans le bain, il l'a rejointe. Il ne bougeait pas et restait les yeux fermés. À la fin, cela l'énervait, elle lui a demandé « que veux-tu que je te fasse ? » Elle était quand même payée par l'agence. Il a ouvert les yeux et a dit « rien, on est très bien comme ça. » C'était une histoire romantique, mais quand elle a voulu l'embrasser, il a refusé. Même effleurer ses lèvres. Elle était là pour une histoire de cul, point à la ligne. Pas d'amour comme elle aurait voulu.

Elle a voulu boire dans son verre de champagne, qui était le plus proche de la baignoire. Il a dit « non, ça c'est mon verre ». Pas comme elle aurait voulu.

Ils sont restés dans le bain environ une heure. Sans qu'il se passe quoi que ce soit. Ils rigolaient beaucoup, sans doute par l'effet du champagne.

Ils oublient leur jeunesse, leur enfance, leur métier, leurs parents. La mort est leur seule issue, ils oublient.

Il a téléphoné à la femme de mon père, Élisabeth, pour mettre les choses au clair vingt ans après. Mais cette maladie aboutit à la destruction du malade, irréversible et absolue.

Ils sont sortis du bain, ils sont partis dans sa chambre. Une superbe chambre, cheminée, mosaïque, une immense télé, un lit magnifique. Toujours avec les bougies, le champagne, la musique. Ils se sont allongés sur le lit. Ils ont continué à discuter. Les deux verres étaient sur la cheminée près du lit. Elle ne savait plus lequel était le sien. Il lui a dit « prends celui que tu veux ». Peut-être était-ce le début d'une histoire d'amour ? Pourquoi pas ?

Le cœur battant, il transpirait ému. Quand il a eu fini avec Élisabeth et qu'il a raccroché, il s'est masturbé. Il peut bien me le dire.

J'avais mal partout. À la main et au poignet surtout. J'ai pris un bain, Claude est venu discuter et rire. Mais j'avais mal, je me suis allongée sur le lit. Il m'a caressée, il a proposé de me masser. Il a commencé. Mais au bout de dix minutes, une idée m'est venue. J'ai dit « tu peux me passer un crayon et un papier ? », sachant que ça allait le vexer. Il me les a donnés puis s'est retourné sur son côté. Vexé, mais c'est fugace une idée.

Il l'a retournée sur le dos comme pour faire l'amour. Elle a dit « stop, on arrête ». Elle s'est rhabillée, il a très bien compris, il lui a appelé un taxi. De sa part, c'était sympathique. Il lui faisait au revoir par la fenêtre. Je traversais la place de la Préfecture. Je l'ai vue, la tête en arrière levée vers la fenêtre, et le taxi qui ne freinait pas assez. J'ai pensé « elle va entendre le moteur ». Mais je sentais l'accident. Tout en me disant « le taxi va la voir ». Il avait bu ce taxi pour ne pas voir comme ça, ne pas freiner devant l'adresse indiquée. Ç'aurait très bien pu être moi. Par téléphone, à se demander : avait-il appelé un taxi ou un tueur ? Il l'a renversée. À l'hôpital, je m'en suis un peu occupée. Mais elle posait des questions débiles, pourquoi j'écris si ce n'est pas un plaisir. Elle m'invite chez elle pour me remercier. Elle a rencontré quelqu'un qui me connaît. Il lui a parlé d'*Interview* et de *Léonore, toujours*. Elle revoit encore mon sourire à la clinique quand elle s'est réveillée, cette jolie dent surélevée, mes yeux presque fermés.

Sur le sol de sa cuisine, des dalles en plastique marbré, sur les murs un papier plastifié. Sur la table nos deux assiettes. L'impression bizarre du piège qui se referme, un parfum, le minitel. Au sol, près du lit. Je m'attendais presque à trouver un slip de Claude sous le lit. Un T-shirt perdu, le gris. Je suis partie. Elle veut savoir avant que je parte si j'ai vraiment une fille qui s'appelle Léonore et un mari qui s'appelle Claude, si mes livres sont autobiographiques. Si on te demande, tu diras que tu ne sais pas.

Il m'attendait. Nous allions chez Alain ce soir, nous étions en retard. Il fallait prendre Léonore à l'école, lui mettre son maillot de bain, prendre sa bouée pour la piscine du jardin.

Léonore est entre nos mains l'instrument de notre vengeance. Exercez donc vos talents ailleurs. Ils sont cons je vous dis, retenez ça.

Chez Puig au marché elle s'intéresse à tous les fromages. « Quand tu seras grande, tu feras marchande de fromage... », lui dit Mme Puig. Non, elle répond, ce qu'elle veut : trouver de l'or dans la terre, et des cailloux. Les autres rient.

Et tout à coup je repense à : Ils ont recouvert les corps de terre. Dans la nuit des survivants parviennent à s'extraire. Certains rampent sur le sol. Ils meurent à quelques dizaines de mètres, se vidant de leur sang. Les soldats et la police, au matin, achèvent ceux qui respirent encore, et de nouveau les enterrent. Le frère de l'ingénieur Noujni, qui avait survécu aussi, l'a vu et lui a dit « il ne faut pas raconter ».

Par la nage du petit chien, elle va de Claude à Françoise, de Françoise à Claude. Hurlant de rire, avec ses bouées jaunes.

Il a donc perdu tout sens moral. L'idée même de dignité doit lui être inconnue.

Ils se faisaient une joie de revoir Léonore, de la revoir et de la connaître un peu mieux cette enfant, après trois ans de privations.

Ils sont saturés de notre ironie. Se plaignent que la veille je les aie bousculés en disant « poussez-vous » comme à des chiens. Ils s'étaient poussés, soumission qui apparaissait déjà à la lecture de *Not to Be*, particulièrement à la page soixante-cinq. Dans le paragraphe : « son sexe à elle, un cœur plein de poils et qui ne sent plus très bon ». Sur lui, pareil, le même genre. Exercez donc vos talents ailleurs. Pourquoi déverser tranquillement tant de fiel ? Ils posent la question.

Il y a Beckett, Duras et lui.

L'idée même de dignité doit lui être inconnue.

Ils partent en claquant la porte. « Viens Roland. »

Ils téléphonent. Je leur dis bonjour. Ils veulent parler à Claude. « Ça vous prend souvent de claquer les portes, en sortant de chez les gens ? » Claquer la porte, eux ? Elle leur a échappé. Il y a eu un courant d'air dans l'entrée. Ils n'ont pas pu la retenir. « Qu'est-ce que c'est que ce courant d'air ? » ils se sont même demandé.

PS : leur avocat s'adresse au nôtre pour lui faire part de leur sentiment. Ils l'embrassent. Papa, Maman.

Il était allongé sur le canapé, les bras derrière la tête, les yeux levés. Il n'arrive pas à se concentrer, il pense à la guitare, à des notes qu'il doit reporter sur des PV, à des trucs. Est-ce que tu veux que je te pose des questions ? Non. Ça fuit dès qu'il y pense. Ça va venir... Non. Il n'arrive pas à le dire. Ça lui paraît... Ah là là, ce n'est pas facile. Et pourtant, tu sais ce que tu veux dire ? Ouais. Il m'a tout dit, après il n'a plus que des détails. À part enfoncer le clou, à quoi ça sert ?

Elle veut montrer à Claire les sandales dorées que je viens de lui acheter, et pour la mer, les sandales irisées.

Après il n'en parlera plus jamais. Je me dis : Qu'est-ce que j'écrirai ?

Une fille en face dans un immeuble, assez mystérieuse. À Montpellier avant qu'il y habite. Comme toujours lié au travail intense. À l'espèce de... impossibilité, à remplir sa vie, avec autre chose que du sexe.

Difficile de lire. De se concentrer sur la musique. Ou même sur un corpus de travail, puisqu'il y en avait encore le soir.

Le sexe, c'est un truc qui les bouffe, qui leur enlève la vie, et leur donne à la fois une énergie incroyable. Ils ne dorment pas, ils sont fébriles. Parfois ils se disent « comment tu fais pour continuer ? » Quoi ? Sans être grandiloquent, continuer à vivre. Ça ne les prend pas dans la vie sociale, mais la solitude. Les obsessions disparaissent dès qu'ils ne sont plus seuls. Quand on est seul, quand elle était seule, quand ils sont seuls, elles restent. La nuit. Elle se relevait, elle allait pleurer sur le balcon. En chemise de nuit, avec la route, les voitures peu nombreuses.

Pourquoi il me raconte ces conneries ?

Un soir, il était donc aux Mimosas. Dans un quartier de bâtiments rapprochés. C'était l'été. Il faisait chaud comme maintenant, comme ce soir. Fenêtre ouverte. Il travaillait, vers neuf-dix heures, assez tard. En contrebas, juste en face, très près donc, une fille travaillait. Elle devait avoir, il ne sait pas, une vingtaine d'années. À son bureau il la voyait. Pas mal. Il ne sait plus. Il savait dans cette pièce, qu'il y avait cette fille. Ce soir-là, quand il a eu fini de travailler, il est allé prendre une douche. Puis il a éteint la lumière, il est allé sur le balcon.

Ils aiment cette sensation d'être nu là où il ne faut pas. Pas pour l'interdit : personne ne pouvait le voir. Pour la sensation, avec le vent qui souffle.

Il s'est rendu compte qu'elle était à sa fenêtre. Et qu'elle le regardait, appuyée dans la demi-obscurité. Ton balcon était à barreaux ou en béton ? C'étaient des plaques de verre fumé, elle le voyait jusqu'à la taille, mais pas son corps entier. Ça les excite de sentir le regard de cette fille. Comme toujours avec leurs réflexes pervertis, avec le dérèglement de la sexualité. Alors que ça devrait ne rien leur faire, pas grand-chose. Ou alors : aller la draguer, sous sa fenêtre. Non, ils ne peuvent pas réagir comme ça. C'était entre les deux.

Ils ont envie de voir ce qui se passera. Où

ça peut aller. Il est rentré. Il a allumé. Il a commencé à se caresser. Avec la lumière, le verre fumé, là, elle pouvait le voir. La nuit était complètement tombée. Il savait qu'elle était là. Ils savent quand elles sont là. Il y avait le petit bout rouge de sa cigarette. Elles restent longtemps. Et elle a fumé quasiment tout le paquet.

Toutes les secondes ou toutes les minutes, il voyait la cigarette plus incandescente.

Le sens moral et celui de la dignité. Peut-être que des gens l'ont vu dans l'immeuble en face. N'importe qui aurait pu le voir. Se faire jouir mettrait un terme, ils n'y arrivent pas. Arrêter, ils n'y arrivent pas non plus. Elle a fermé sa fenêtre à un moment donné. Et puis voilà.

En plein jour le lendemain il est allé sur son balcon pour manger. Il mangeait dehors presque tout le temps. Il faisait chaud comme maintenant. Elle était à sa fenêtre. Elle lui a fait un signe, de reconnaissance, de connivence. Il ne sait plus quoi, elles ont des petits gestes, ils oublient.

Ils ont l'impression de perdre les pédales et d'être détraqués. Ça, c'est complètement détraqué, dit-il. De faire quelque chose de dangereux et de malsain. Oui c'est ça. Ils ont besoin des autres, à ce moment-là. D'aller au resto, de faire ensemble de la musique, d'avoir de la compagnie. Il n'y a que ça qui les sauve. Ou être avec moi. Ma présence était la plupart du temps ce qui le sauvait. Dès que j'étais là, cela disparaissait. Dès qu'on était ensemble ou avec des amis, il n'y avait plus aucun poids. Tout seul c'était irrésistible. Ils arrêtent petit à petit.

Le téléphone, le minitel, le téléphone surtout, les aide. Ils ont des contacts. Ils savent que là, ils ne peuvent guère aller plus loin. Ce serait dangereux pour le couple. Ça les amène à réagir. Tu vas faire un pas de plus, ils se disent, une exploration, mais tu l'auras voulu. Ils contrôlent mieux allant si loin. Au lieu d'être le jouet des forces irrésistibles. Quand on est seul.

Leur tête est vide, ou alors pleine de ça. Plus maintenant, non. Il parle, un peu comme Frédéric qui dit parfois des choses difficiles sans exhibitionnisme. En Afrique il a passé trois semaines tout seul, il n'y a pas eu de problème. Il a lu, il a travaillé, il a joué de la guitare, il est allé à la piscine. Il se couchait tard. Il lisait, lisait, lisait. Avec Hélène ils parlaient. Allait voir les autres et passait des coups de fil.

Il n'est pas guéri, en convalescence, ils se sentent fragiles. Avec moi ou Hélène, Valérie, plus rarement des garçons, parler, ils s'y accrochent. Ils ont l'impression d'émerger, de ne plus, comme avant, perdre leur temps, de ne plus avoir la tête vide. Toutes ces heures de loisirs à tourner autour du sexe, de façon insatisfaite. Ça ne lui fait plus ça.

Il a fini. J'ai des questions encore. Ils ne sont pas toujours attirés par de belles femmes, il avait dit un jour. Mais n'avait pas poursuivi. Pourrais-tu préciser ?

Ils sont attirés par deux types de femmes. Le premier, qui me ressemblent, un peu hautain, bien fringué. Le deuxième, plus épidermique et purement sexuel, pour simplifier, qu'ils ne respectent pas. La femme et la maîtresse, comme les grands bourgeois. Une grosse paire de seins, un rouge à lèvres appuyé, rarement les fesses. Elles sont sensuelles et sexuelles, plus colorées dans leurs vêtements, leur maquillage est plus voyant. Elles sont un peu vulgaires. Au second regard elles ne sont pas appétissantes. L'exemple typique c'étaient les nanas de Paris. Quand il l'a invitée à danser, qu'il l'a caressée, embrassée, en boîte avec elle, il la trouvait plutôt sexy. La deuxième fois, ils se disent, « oh là là, c'est pas vrai ».

En Tunisie cet été, Fayçal s'est marié.

Ils auront une satisfaction sexuelle formidable, chaque fois ils le croient. Mais non. Et que peuvent-ils faire de plus ? Tout est impasse. Chaque fois ça devient de plus en plus grave. Valérie l'a aidé. Elle aussi avait eu des attirances compulsives. Elle comprenait quand il lui disait « je sens que je coule ». Il n'était pas jugé, ni discutaillé et c'était mon amie. Il a fini. La prochaine fois qu'est-ce que j'écrirai ?

Il y a de la musique. Ils allument une cigarette. Ils passent dans la rue. Ils sont pressés. Ils ont mille choses à faire aujourd'hui. Ensuite il faut qu'ils aillent à l'agence de voyages, au bureau, chez le dermato, la gare, des tas d'endroits. Ils sont déprimés.

La solitude est l'histoire de leur vie. Être seul c'est se branler, ç'a été pendant des années. Ils aiment ça aussi, gérer leur petit monde, être à bord de leur sous-marin. Des heures dans leur voiture, avec la musique pour seule ouverture. Mais dans leur tête, tourner des heures.

Ils me disent toujours que j'y arriverai. Les autres. Que l'impression d'être vide, à chaque nouveau livre je l'ai. Que toujours en fait, je m'en sors. Que je dis ça à chaque fois.

Ce qui l'intéresse, elle : trouver de l'or dans la terre, et des cailloux. Les autres rient.

C'était une époque de grande solitude, celle du bas sur la queue. Il est né le 28-7-56, à Paris dans le XIXe. Il habitait rue Berger dans le Ier. Il fêtera ses quarante ans cet été. Il s'est marié à vingt-six ans, avec moi. J'étais étudiante en droit. J'ai commencé d'écrire quelques années plus tard. Il enseigne actuellement à l'université Paul-Valéry de Montpellier. Nous avons une petite fille. Quand on lui demande qu'est-ce que tu as fait de ta journée ?, elle dit « j'ai oublié. » Mais à la cantine qu'est-ce que tu as mangé ? « J'ai oublié, et j'ai pas envie de te dire. »

Christine ANGOT
Sujet Angot

« Fais bien attention à ton corps et à ta santé Christine. Ne crois personne, jamais, même si on te dit “je n’ai jamais…, j’ai toujours…” Et puis j’espère que tu sais que les maladies sont transmissibles non seulement lors de l’éjaculation mais par la simple pénétration. Pardon d’être aussi cru, mais je voulais te dire ça depuis longtemps. Bon, je vais essayer de me rendormir un peu.
Je voulais te dire aussi : je ne peux plus te lire. Je n’en peux plus du sujet Angot. C’est devenu une souffrance. »

Christine ANGOT
Interview

Vous aviez quel âge ? ça a duré combien de temps ? De quand à quand exactement ? Y a-t-il eu des reprises ? Étiez-vous surprise ? A-t-on des traces ? De quel type ? Vous faites allusion à quelle partie du corps exactement ? Vous êtes tombée amoureuse ? Quel sentiment ? Vous habitiez quelle ville ? Venait-il à Reims ou alliez-vous en train à Strasbourg ? Vous n'avez évidemment pas de voiture. Votre mère vous laissait-elle ? Eh oui, bien sûr. Prenait-il deux chambres ou une seule ? Vous aviez l'air toute jeune. A-t-on envie de tuer ? Vouliez-vous mourir ? Avez-vous transposé ?

POCKET "Nouvelles voix"
PARTAGEZ NOS DÉCOUVERTES !

Marc BONNET
Sexes

Alex est un garçon explosif : il a dix-sept ans, il est beau et a un appétit dévorant pour la vie. Il est obsédé par l'amour, les autres, le sexe, les filles et surtout Anna. Il l'aime et voudrait l'enlever loin de leur petite ville et des contraintes familiales. Un beau jour, il fait la connaissance de Nicolas, un énigmatique jeune homme de dix ans son aîné.

Ils partent en Italie en enlevant Anna. Bonheur estival du trio dans une maison de Toscane. Soudain Anna s'enfuit. Commence alors l'errance des deux garçons qui s'installent à Naples. Alex trouve dans cette ville des nourritures terrestres à la hauteur de sa boulimie.

Il découvre aussi la dangereuse passion que Nicolas nourrit à son égard.

Christophe DONNER
Quand je suis devenu fou

Ainsi ... Au « Pays Club », on peut choisir un homme sur les pages glacées d'un catalogue. C'est comme ça qu'il a rencontré Nick. Et forcément, il est tombé amoureux de lui. Depuis, rien n'est plus pareil. On peut même dire que le jeune écrivain est en train de devenir fou. Fou de l'amour. Fou de Nick, le beau « taxi-boy » d'origine napolitaine. Au point de tout tenter pour l'arracher à cette vie et par la même occasion, faire de lui le héros de son nouveau livre.

Marc DUGAIN

La chambre des officiers

En 1914, tout sourit à Adrien, ingénieur officier. Mais, au début de la guerre, lors d'une reconnaissance sur les bords de la Meuse, un éclat d'obus le défigure. En un instant, il est devenu un monstre, une "gueule cassée".
Adrien ne connaîtra ni l'horreur des tranchées ni la boue, le froid, la peur ou les rats. Transféré au Val-de-Grâce, il rejoint une chambre réservée aux officiers. Une pièce sans miroir où l'on ne se voit que dans le regard des autres. Il y restera cinq ans. Cinq ans entre parenthèses. Cinq ans pour penser à l'avenir, à l'après-guerre, à Clémence qui l'a connu avec son visage d'ange. Cinq ans à nouer des amitiés déterminantes pour le reste de son existence…

Sylvia FOL
Vu de dos

Quand j'étais enfant, à Tanger, mon père recevait ses disques par l'avion du soir et, après le dîner, il les passait au salon. « Ton frère est un merveilleux musicien », disait-il.
Moi, j'écoutais le son pur du saxophone qui se mêlait aux effluves de musique orientale de la médina, (...) je cherchais le visage de mon frère.

Gilles est un jeune homme aux étranges obsessions. Il ne cesse de se fuir. Et les femmes n'ont de cesse de vouloir le sauver. Mère, sœur, fiancée volée à son meilleur ami avec qui il parcourt les nuits de Saint-Germain-des-Prés, au rythme de son saxophone, ou la femme qui s'offre à lui lorsque son père le recueille, exsangue, à Tanger...
Mais Gilles se perd dans les méandres de la médina comme dans ceux de la mémoire. L'amour des siens et celui d'une autre parviendront-ils à le sauver ?

POCKET "Nouvelles voix"
PARTAGEZ NOS DÉCOUVERTES !

Jean-Marie GOURIO
Chut !

Chut ! Ne le dites à personne, le parachutiste au crâne ras qui, dans son existence, a dû lire huit ou dix livres est amoureux de Mathilde la jolie bibliothécaire.
Chut ! Ne le dites à personne, et surtout pas à Mathilde, son amoureux fait semblant de lire… mais ce que vous pouvez dire et même crier sur tous les toits, c'est qu'il y a là un très beau livre, un livre qui parle d'amour. D'amour des livres, d'amour des mots, d'amour tout court.

Jean-François KERVÉAN

La folie du moment

L'amour fou, puis... un trou de mémoire terrifiant, comme une éclipse où tout est soudain plongé dans le noir, et Philippe ne sait plus...
A-t-il réellement essayé de tuer Cécile, sa femme ? Dans la cellule qu'ils partagent à la Santé, le Parfumeur, séduit par cet étrange compagnon qui ressemble si peu à un meurtrier, tire Philippe de son état de torpeur, l'entraîne sur le chemin du souvenir, l'oblige à se dévoiler. Alors que les jours s'égrènent, immuables, d'une terrible lenteur, entre parloirs, promenades et brimades, les deux hommes parlent, s'observent, se défient. Peu à peu naît, dans cet espace confiné, une autre histoire d'amour, « ni tout à fait la même ni tout à fait une autre »...

Yasmina KHADRA
Les agneaux du Seigneur

Ghachimat est un village de l'Algérie d'aujourd'hui : on se connaît depuis l'enfance, on se jalouse et on se jauge. On s'affronte en secret pour obtenir la main d'une fille. On déteste ceux qui ont réussi, on méprise ceux qui sont restés dans la misère. On étouffe sous le joug d'une tradition obsolète. On ne s'émeut guère des événements qui embrasent la capitale.
Mais il suffit du retour au pays d'un enfant fanatisé, pour que les habitants de Ghachimat basculent dans le crime collectif, portés par le ressentiment et la rancœur.
Et c'est ainsi que, progressivement, des garçons bien tranquilles deviennent des tueurs en série…

Linda LÊ
Voix

Il n'y a plus que les voix. Les voix qu'elle seule entend. Les voix qui suintent des murs et crient à ses oreilles. Les voix ricanantes qui s'échappent des livres de sa bibliothèque. Les voix qui lui dictent sa conduite et lui ordonnent de se détruire.
Les voix qu'elle tente de décrire à ses amis. Des amis qui n'en sont plus. Des amis qui essaient de lui faire croire qu'elles sont le fruit de son imagination.
Les voix qui l'ont envoyée tout droit dans cet endroit étrange où vivent des gens bizarres qui ne cessent de parler et qu'elle observe en silence…

POCKET "Nouvelles voix"
PARTAGEZ NOS DÉCOUVERTES !

Richard MORGIÈVE
Un petit homme de dos

De son passé, son bandit de père ne lui a légué que des mystères...
Il disait être né à Varsovie, comme cela aurait pu être aussi à Moscou ou Berlin, et avoir été ingénieur, interprète, philosophe.
Mietta ne sait plus très bien...
Les seules choses dont il soit certain, c'est que son père, grand chevalier d'industrie devant l'Éternel, était petit et fort, violent, excessif, qu'il avait le bagou d'un marchand de mensonges, un charisme effrayant et qu'il a débarqué dans l'Ardèche en février 1942. C'est là qu'il a rencontré Andrée, et c'est ainsi qu'a commencé la belle, la tendre et rude histoire que Mietta, leur fils et témoin enchanté de leur amour fou, se devait de raconter.

Richard MORGIÈVE

Un petit homme de dos

De son passé, son bandit de père ne lui a légué que des mystères.
Il disait être né à Varsovie, comme cela aurait pu être aussi à Moscou ou Berlin, et avoir été ingénieur, imprimeur, philosophe.
Mietek ne sait plus très bien.
Les seules choses dont il soit certain, c'est que son père, grand chevalier d'industrie devant l'Éternel, était petit et fort, violent, excessif, qu'il avait le bagout d'un marchand de mensonges, un charisme effrayant et qu'il a débarqué dans l'Ardèche en février 1942. C'est là qu'il a rencontré Andrée, et c'est ainsi qu'a commencé la belle, la tendre et rude histoire que Mietek, leur fils, témoin enchanté de leur amour fou, se devait de raconter.

"Nouvelles voix" [illegible]
[illegible]

Vincent de SWARTE
Pharricide

Battu par les vents, le phare de Cordouan semble surgi du fond des mers pour rendre fou ses gardiens. Son nouvel hôte, Geoffroy, installé depuis peu, est pourtant rompu à cette vie raréfiée où l'on bricole le temps qui passe.
Mais très vite, trop vite, le phare l'aiguillonne, déshabille son âme. Alors le jeune homme déterre son passé et avec lui ses bistouris de taxidermiste pas si amateur…
D'abord un congre, puis une écrevisse avant de s'attaquer à un plus gros gibier : des hommes, par exemple. Comme ceux qui se risquent imprudemment aux abords du phare de Cordouan.
Bientôt une autre visite s'annonce : celle de Lise, jeune ingénieur des Phares et Balises. Cette rousse explosive va, sans le vouloir, transformer la pulsion homicide de notre taxidermiste en désir tout court, un désir qui submerge, un désir qui mène à l'amour…

POCKET "Nouvelles voix"
PARTAGEZ NOS DÉCOUVERTES !

Achevé d'imprimer sur les presses de

BUSSIÈRE

GROUPE CPI

à Saint-Amand-Montrond (Cher)
en août 2001

POCKET - 12, avenue d'Italie - 75627 Paris Cedex 13
Tél. : 01-44-16-05-00

— N° d'imp. 14488. —
Dépôt légal : septembre 1998.

Imprimé en France